U0044654

歲月跫音

楊塵詩集
(2013~2023)

圖文／楊塵

詩即是心中言語，文字能表述的只是書寫格式。

─────楊塵─────

序

　　詩歌在中國的發展，從詩經、漢樂府、唐詩、宋詞、元曲到現代詩共歷經兩千多年，其實從格式上說，現在又回到了原點。最早的詩歌沒什麼固定格式，相當自由，以民歌或民謠的形式出現，只是把庶民生活勞作情景以及心中的情感，很樸素而直白地表達出來。進入漢代樂府詩後，因爲詩變成音樂演奏用的歌詞，因此開始有一些簡單的格式，而魏晉期間開始出現詩體，到了唐詩更是工整對仗，律詩和絕句盛行，即便宋詞出現長短句的變化，但依然講究固定的詞牌。直到進入現代所謂新詩或現代詩，以白話來書寫又打破原來詩詞的格式化，回到詩歌的起點，只是以白話來表達的現代詩歌，形式和風格五花八門，顯得相當多元而紊亂，甚至毫無章法。歷史上即便詩歌的巔峰年代，唐詩最有名的詩人王勃、李白、杜甫、王維、白居易、杜牧、李商隱等，他們的詩歌也是優美、簡單、易懂並且賦予時代的風格和意涵；雖說李商隱部分詩歌有些隱喻較爲幽微晦澀，但仍是有所本，可以追尋領會。因爲用現代的語言，理論上白話詩歌應該更簡單易懂，平易近人，但令人遺憾的是隨著社會形態的改變，時下現代詩許多隱喻相當抽象模糊，其中一些象徵手法更是諱莫如深，艱澀難懂，反而成爲現代詩歌傳播的一大障礙，因此在時代的意涵下精準地表達主題成爲現代詩創作的一大課題。

　　歲月跫音詩集，是筆者在生活、工作、行旅中所經歷的人事地物和情感的描述，本著回歸詩經一樣的精神，用心中直白的言語來表達，就像歲月走過留下的腳步回聲。本人平日也喜歡攝影，日積月累竟然也有許多照片記錄著時代的風貌，我嘗試著挑選一些照片來和詩文中的情境互相呼應，算是賦予現代多媒體時代的一種風格和意涵，也當成是一種新形式的復古，蓋古人是作畫題詩或在畫作寫文紀要，我是寫現代詩後配上自己攝影的照片，許多主題都是用詩文和照片同時表達同一事件和情景。

詩文的內容以及包含的意象有時相當多元，攝影作品能表達的有時只是局部有限，但文字閱讀和照片感官是不同的思維空間，我希望透過這樣的組合能把這兩個元素融合成一種時間軸和空間軸的立體交叉思維。

　　詩歌雖然不同時代有其獨特的風格和形式，但在歷史的長河裡人性和情感並沒什麼不同，說白了詩即是心中言語，當我們歌詠風華，吟唱歲月，人生的歡樂與憂愁本身就是一首詩，幾千年來詩歌的本質從來不曾改變。

楊塵

2023.9.17 於新竹

目錄

卷四　旅途記情

卷五　醉飲江湖

卷一　歲月跫音

落葉

飛過重重春天的山峰和峽谷
我的心也隨之偉岸而高拔
環顧四周
一方長滿雜草的巨岩只是一個驛站
前方霧靄蒼蒼
我始終沒有找到可以歇腳的地方

夏日的狂濤沖激著崎嶇的溪谷
太多塵世隨波逐流的遊子
漫無目的地流浪遠方
當我華年色衰像秋楓紛墜
不想再隨溪裡翻滾的流水
只想找一塊長著苔蘚　碧綠如氈的大石
可以安然靠臥
而你的心是那青石上一窪小小的缺口
剛好可以包裹我傷痕累累的身軀

昨夜的風雨已是一則不堪回首的往事
庭外散落滿地的折枝早就隨風飄逝
映著黃昏的斜光　倒影清晰蕭瑟
我是一片幸運的落葉
在你寧靜的心底老去

2021　於蘇州

磨合

海浪拍打著沙岸和岩石
這無盡的波濤是潮汐日夜的心情
我們總在年少輕狂的歲月裡
如海潮般地激情蕩漾
只是從來不曾留意海潮褪去留下的痕跡

不管外海如何巨浪滔天
你的心卻像湛藍的寶石一樣清澈沉靜
一旦把我的心緊緊地貼入你的心底
那就像一條曾經滄海為家的小魚
遁入你的世界再也不能回頭

滄海相逢是何等珍貴的緣分啊！
因為都長得太過有稜有角
碰在一起難免頭破血流
礁岩一道裂開的縫隙是大海無法癒合的傷口
生活是一灘不斷沖刷和撞擊的海水
多年之後我們從礁岩的裂口上岸
發現彼此已磨合成兩顆鵝卵石

碧波浩渺　水光接天
這大海剛起的風浪啊！
如崑崙玉碎
水花濺濕了整個海岸線
此時來到海邊舊地重訪
不是為了撿拾貝殼或小石
我是回來尋找一顆含著淚水被遺忘
堅硬而磨難過的心

2021 於蘇州

征途

大漠風雪依附在我的征裘
像妳昔日陪在我身旁讀書喝茶一樣
冰封遼原之後
我是一隻帶傷的鴻雁遲遲不得南回
江南的斜陽　門扉寂寥緊掩
而瓶裡的玉蘭還在窗前守著一扇天光

曾經躊躇滿志的年少
不屑外來的風風雨雨
戰場多年的傷痕和榮辱
皆已悉數埋入黃土
那個當年出征的隘口
如今只剩野草葳蕤

青春在我們相遇的樹下頻頻回首
過往的愛恨情仇
就把它卸載在這條古道吧！
至於那些不小心遺落的祕密
山澗逝去的流水知道

女人說著：
「來我的跟前　脫掉你的盔甲
卸下你的武裝　到我的懷裡
戰死沙場的勇士已經太多
今夜我想親綏你一枚光榮退役的勳章」

隱忍的慾望像窗前的燭火孤獨燃燒
故作鎮定的心跳還在加速
奔湧的血脈早已激盪如潮
晚上又喝多了
曾經的雄心
是一隻入暮飢渴的荒原野獸
總在無人的領地悄悄張牙舞爪
酒精只是一名莫須有的說客
而我早已圖謀一醉
因此　不用敵人派兵圍剿
今夜我終歸是要被生擒的俘虜

時光在湖心沉默無語
世界寂靜得彷彿早已凝結
假如沒有落葉偶爾震起一點漣漪
我會懷疑自己的心跳已然止息
窗前的霧氣氤氳離迷
也該啓程了
所有花開的心事
我已一一小心包裹
今朝風吹得很柔
殘雪泛著晨曦留下一行腳印輕輕
而妳不會聽到我悄然離去的跫音

2021 於蘇州

老去

當我老的時候
如深秋的白樺
我想放掉塵世一切的負重
以一片枯槁的黃葉
輕輕落土
那片曾經枝繁葉茂的樹林
不再回首留戀

當我老的時候
如高原的蒼狼
我要致歉原野所有的獵物
找一處獨兀的山丘
默默走去
那些曾經追逐廝殺的戰場
映著殘陽如血

當我毛脫齒搖
如崖頂孤岩龜裂剝落
我想安靜蜷縮在自己的洞口
找一天月圓的星空
仔細清理自己的皮毛
並剷除年少荒蕪的雄心
夜半起風的時候
我來世的夢想要和晶瑩的冰雪
一起紛飛

2022 於蘇州

歸來

不必慨嘆我的面容像秋荷凋萎
不必悲傷我的韶華如蓮蓬老去
假如你曾——經歷我的盛年
碧葉連天　繁花如霞

意氣英發的光輝歲月
沿路流連徘徊
石橋上灑滿的花瓣
正向我們歸行的隊伍一一致敬
當年衝鋒陷陣的日夜　從未退縮
如今轉身謝幕　已了無遺憾

沒有備酒　在這裡告別
算是懷念一座古城最好的儀式了
因為這是唯一可以清楚眺望
昔日我們戰鬥輝煌的地方
就在一棵花開的樹下別過吧！
不必銘刻什麼留下紀念
先我而去的兄弟啊！　你會理解
每年我下馬路過此地
你們征戰途上的頭盔纓紅
彷彿還在迎風飛揚

葬我於一個高台
用四季的花朵栽種堆砌
就像戰時我們曾經得過的榮耀
燦爛如錦
於是　不管春去秋來
大家都可以看到
我當年佩戴胸前的勳章閃亮奪目

那些所有美好的戰役
之前都已一一打過
英雄紀念碑上鐫刻著我們的事蹟
祭奠我的當下
不要流淚
喝酒的時候
記得敬我一杯

彼岸花在我們塵緣了卻的路上
開得豔紅似血
人世的陽光雨露和清風明月
我們都已一一經歷
他日你若在長夏的季節裡
遇見一枝盛開的青蓮　獨一無二
記得對它點頭　會心一笑

紛亂的世界終於煙消雲散了
人間的是非對錯已經毫不相干
我常常夢迴的　只是
自家門前的海棠在明媚的春光裡綻放
小孩和小狗在草地上追逐著蝴蝶
而我們在窗邊木桌的斜光裡
一起沏茶　說起
我們最初相遇的那段往事

2021　於蘇州

退隱

多日的寒氣瀰漫山巒四周
行至崖頂　草木枯黃　蕭疏清曠
獨坐一塊巨岩突兀
眺望腳下城市　感覺熟悉又陌生
昨日的繁華彷彿聲色震天依舊
靜看遠峰蒼茫
近處偶有落葉飄過
忽覺眼前的功名利祿又如過眼雲煙
這樣的午後　特別讓人憶起
獅頭山紫陽門石柱上勒刻的楹聯
「塵外不相關幾閱桑田幾滄海；
　胸中何所得半是青山半白雲」

到這裡不是來傲嘯煙雲
也不是來睥睨林野
只是想借著山的高度
來拉開與人群的距離
認清一切虛妄
不再與世爭辯
看能不能從此遺世而獨立
而過往的紛擾相忘於江湖

越過這座山頭
便入群峰最高點了
我的心跳喘息呼噓
眼前的山徑濃霧虛無縹緲
除了山鳥偶爾鳴叫空谷
再也看不到回去的道路
記得秋天這裡曾經野菊爛漫
而溪谷竟日淙淙透迤

當我老去　請尋這塊隱地
葬我於蒼蒼林野
以一塊古老的石頭爲記
沒有隆起的墳塋和勒刻的碑文
沿途的小徑有一些碎石
你來時的腳步我可以聽到
不必攜帶鮮花和祭品
當年你採摘野菊沿途撒落的種籽
現已如期綻放左右
假如你堅持要有一些詩酒
我並不反對
年年這裡
松濤白雲齊飛　明月流水相照
假若你不在
我就對著盛開的花朵
獨自吟風弄月　或者沒事
邀呼陶潛抱琴過來對飲兩杯

2021 於蘇州

塵緣

相遇在霹靂爆炸之後
纏綿於烈火熔岩之中
冷卻前的擁抱
成了你我永遠的廝守
於是春去秋來
不管颱風下雨
無論陰晴圓缺
想要分離我們
除非天崩地裂
除非世界再度毀滅

來自同一塊巨岩
我們本來不分彼此
被精雕成一對石獅
並列守著護城河一方秋水
從此咫尺天涯
時光流逝背後如波濤渺渺
河風吹深了臉上的皺紋
初次佇立水面的模樣不曾忘記
桃紅柳綠　花開花落
黃鸝偶爾在此逗留寒暄
有誰路過這條小徑
多少年來　我們的心
早已是流水的祕密

在離亂的塵世相遇
最好不要愛情
因為太多的生離死別早已等在路上
在落葉的季節重逢也無需歡喜
因為日暮蕭蕭的秋風馬上就要吹起
銀杏飄零的是歲月滄桑的面容
楓紅凋萎的是青春燃燒的火燭
朋友啊！每年這個季節
你是河邊獨自徘徊的人間惆悵客
而我們歷經四時更迭
看盡人來人往
早已堅硬如石的心
在風雨銷蝕的裂痕裡
收藏著你春天遺留的故事

2021.10.2 於蘇州

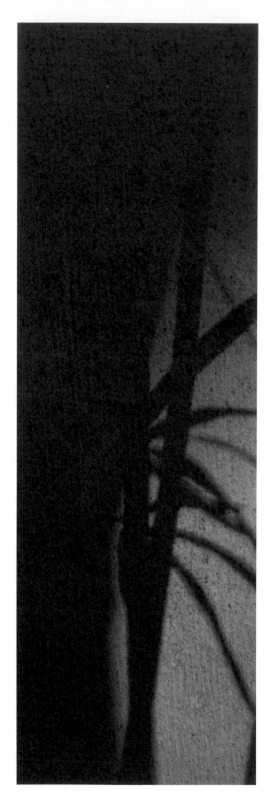

情殤

昨日喧囂的簇擁已離我遠去
我的愛情
是一朵被蜇傷的花蕾
這樣你終於知道
爲何我一直獨自躲藏
在一個蜂蝶罕至的地方

因爲守著曾經受傷的心
我死命地築起堅硬的壁壘
陽光無法穿透
而風雨再也不能入侵
築一道高高的圍牆
暗地起誓
不再過問人間絮語
我想嚴密封閉的不是自己
而是一顆幽微波動的心

可愛情啊！
是封閉世界被偷偷埋入的
一粒種子　入暮之後
總躲在沒人的角落無度滋長
夜半三更
卻又變成一隻黑貓
沿著寂寞那道裂縫
翻牆逃逸

2021 於蘇州

黑貓

一隻黑貓
沿著小路走了
小路兩側
野草碧綠
我從背後呼喚
沒有回頭

一隻黑貓
沿著小路走了
腳墊下面
黃土漫漫
我從背後呼喚
沒有回頭

一隻黑貓
沿著小路走了
叼著青春
悄悄離去
我從背後呼喚
沒有回頭

一隻黑貓
沿著小路走了
留下龍鍾的背影
消失在路的拐彎
我從背後呼喚
沒有回頭

2022 於蘇州

心事

藍天碧海
無盡的浪潮是暗礁彼此傾訴的言語
當我們的呼吸和波瀾吐納化為一體
通透的海水就如同我們之間坦白的祕密
有很多故事在這兒被風吹散
水邊的魚兒和礁岸的海螺或許偷聽
你的心事　除了我
只有大海知道

天光幻化
雲彩的換妝是夜幕低垂的最後演出
信天翁排成一列劃過落日餘暉
當漲潮沒過腰線
小魚啄著手臂發癢
黃昏的沙灘除了我們的笑聲
只有晚風羞怯的呢喃

夜色寂寂
波瀾在灘頭闌珊洄漩
海潮激盪整天也都累了
沒有海鳥飛過
沒有潮蟹騷動
黯淡的流雲和虛弱的浪花顯得有些無聊
不知多久了　我們背對背的沉默
和腳下的礁岩一樣
慢慢長出了青苔

2021 於蘇州

海島舊事

迎著夕日餘暉
總在岸邊等待迎接你的魚獲
看著你從小船跳下的身影矯捷似貓
當時海風吹著木麻黃婆娑作響
你高高拎起的黃魚雙眼明亮如星
晚上就著高粱你可以多喝兩杯

退去的海潮如你
擱淺的小船岸邊野草枯黃
蝕鏽的牛車頹廢於屋旁
這小小寂寥的漁村除了海風吹拂依然
只剩下坍塌的矮牆偶然掉落著風沙
而路旁矢車菊微弱的擺動
算是回應大海最後的呼喚了

窗口的那盆石蓮如我
已經不知褪去幾回枝葉
晨昏的雨露它自會生長
不再過問海上的風浪
以及陰晴圓缺
把自己的美麗與哀愁
收斂在你為我僅留的一撮土裡
花開的時候　氣息淡定
所幸不用再隨春天的水流

2021 於蘇州

雲和海

黃昏降下了帷幕　雲彩卸去了衣裳
海鷗叫囂了整天也已倦意回巢
寄居蟹靜靜地蜷縮在自己的殼裡
時光斜躺在晚風的懷抱

相對的沉默太久
桌面的咖啡已經涼如寂寥的黑夜
桌緣不小心的碰觸在眼前形成一陣波瀾
這一夕潮水莫諱高深　我們之間
隔著的不是一道鴻溝　是一片汪洋

妳是一束洶湧的暗潮
撞擊在嶙峋礁岩上激起的美麗浪花
我是青空的一片雲朵
一匹飛行天際的白馬
飛過亂石堆疊　馳騁碧波萬頃
妳若問我　如今為何枯坐崖頂　兩袖清風
只能說　迷途路上
我也曾是一名天涯遊子

上岸後　已經無法一一向妳講訴
我背後所經歷的風浪
妳看這蔚藍的天空下
海水碧綠依然　浪花潔白如舊
沙灘短暫停留的腳印
是我曾經狼蹌逃離的步伐　此刻
妳只管替我重新沏上一壺溫熱的新茶
至於我怎麼踏浪而來
就把故事留給大海吧！

2021 於蘇州

｜卷一　歲月跫音｜

荻花渡

闖蕩天涯
歷經重重磨難和挫敗之後
你想最終有誰
始終和你站在同一陣線　哪一天
我們從曾經輝煌的舞台紛紛退場
你要選擇和誰一同老去

今生把你尋獲　不必再問緣由
我那髮髻後頭的鳳尾金釵
便是你前世為我親手插上的信物
就著鏤雕的窗台花開
好像春天點起了蠟燭
此刻　或許你會憶起
我們舉杯對飲的昨日

因為毫無保留
給你的一切都是掏自心扉
假如哪一天你的離開　像月換星移
我也甘願靜靜等待你的歸來
原以為早已習慣你的離去
哪知夢中醒來
緊緊摟住的是一個不敢面對的世界
清晨　微雨　窗外霧氣氤氳
思念的言語我說不出口
起個大早把自己梳妝整齊
卻怎麼也擦拭不掉
昨夜臉上殘留的淚痕

帶上白色耳墜
是用來呼喚春風一樣的你
我細心裝扮
望斷雲端盼著你的消息
而門前的流水啊！
已帶走了多少個四季

斑駁的門扉緊掩已是許久的往事了
等不到你回
多少個晚上我都沒有闔眼
守候你　用我純淨的容顏
以及像月光一樣皎潔的心
秋光易老　青春難回
江上盛開的荻花年年凋萎
而天邊的鴻雁啊！
為何只在這個季節
從我白雪蒼茫的渡口
輕輕掠過

2021 於蘇州

故鄉事

我不知道
故鄉頂山寮那座廟張濟宮
爲何供奉的是黑面將軍張巡
父親說是依虎爺公起乩的指示
往村莊北方尋找一塊被雷霹過的木頭
找到後　我叔叔騎腳踏車
父親抱著那塊木頭坐在後座
遇到外村人圍過來阻攔追趕
他們騎車逃離時忽覺有神力相助
車子加速途中飛了起來
父親和叔叔不知所以就飛抵了村莊
之後他們請雕刻師傅用這塊雷劈之木
刻了唐代安史之亂睢陽之戰的名將張巡
用以表彰其忠義愛國的氣節
父親沒上過學讀過書
但對唐代忠肝義膽的歷史故事朗朗上口
他對人事義理的虔誠和對神明的信仰一樣
村莊沒有村長
村民乾脆封他
地下村長

2022 於蘇州

岩縫

退居山涯靜默一隅
喧囂的風沙和咆哮的海浪
早已與我無關
即使　雨水腐蝕岩體
歲月風化內心
億萬年過往
我依然啞口不言

假如一道裂縫
是大地留給我的傷口
我便不再遮掩
烈日曝曬　潮汐拍打
甚至海鳥從天空對我的汙穢
我都坦然接受

你們可能不知啊！
我在默默等待一場季風
吹落一顆種籽進入我的體內
守著夜色開始萌芽生根
然後靜靜候著來年春光
開花結果

2021 於蘇州

野菊

寧願做一名凡夫俗子
安分固守在自己的領地
世界舞台太大
不必非得擠在枝頭開花

天地之間　渺小如我
如果不是雲雀追逐偶然經過
我都忘了季節
忘了自己曾經花開
在這無人的山野

長在懸崖之巔　本就無人探訪
山腰的濃霧已經漫上了峰頂
旅人啊！這個時候你來尋我
只爲花開的一面之緣
難道不怕迷失了回去的方向？

午後的烏雲已經變臉
趁著暴風雨到來前夕
把我細心採擷吧！
以一只前朝細心彩繪的青花瓷
用來收納此生我僅有
放肆一回的青春

窩居於牆角一隅　靜寞而乾燥
不羨慕花園裡玫瑰嬌豔
和蜂蝶簇擁　此後
我不隨季節花開
自然沒有花落

2021 於蘇州

卷一　歲月跫音

崖頂之花

想法簡單　奮力向上
生活總是安靜而美好
就像生命中的藍天　雲淡風清
然而心中總有微風泛起的波瀾
重複而無聊的日子
像一張蒼白的臉孔
我的奢求不多
只要能給生活多一點色彩
妝點我即將逝去的華年

泛泛之輩平凡如我
有時內心總渴望
能擁有一點什麼與眾不同
可以超越現在的自己
雖說漂泊不定的歲月
似一顆種籽隨風而飛
可落地的時候
有時卻如火材棒劃開一樣
有些東西
一旦碰觸就很難回頭
譬如愛情

愛情就像春風的呼喚
來的時候
不管你認不認同
我堅持用自己的方式回應
忠於自己的秉性
每個人選擇的道路不同
你喜歡滋養在溫室
我寧願綻放於山野

一樣的白天和黑夜
一樣的陽光和雨露
請允許我獨樹一格
堅持不一樣的花開和葉落
立於崖頂　等待春風
山險路迢
是否斷了你的念想
想來必定有路
除非你我此生無緣
到達不了這個高度

2021 於蘇州

傷口

漫漫長夜
已經習慣一個人度過
晚上溫度太低
必須試著點燃自己
你不來
我守著寂寞的天空
以及自己孤單的影子

我的天空沒有雲彩
但我的世界需要一場革命
只得把自己裝扮得鮮豔奪目
像入暮之後對著穹蒼
高舉一支夏日的火把
因為曾幾何時
發現內心都快只剩黑與白

徘徊在情愫的糾葛之後
不再計較人間的是與非
每個人都有自己的舞台
不在白天便在黑夜
我也知道
保持距離意味著某種隔閡
可經過這麼多年
你應該明瞭
我們愛情的傷口
再也經不起任何碰觸
因為結痂之後的心尖
無奈長滿了花刺

2021 於蘇州

闖蕩

歷經朝代更迭
看盡人世繁華
太多的院落滄桑
被遺忘於荒煙蔓草之中
如此目睹歷史的榮辱與興衰
都不知幾回了

慾望的征伐
是一匹永不疲憊的戰馬
前方硝煙瀰漫著我們的去路
看不清彼此的臉龐
我真的累了
就連向你做最後的道別
也睜不開眼簾

這可能是最後的堅持了
我的臉色如此蒼白
再不能用言語
對你笑說我們坎坷的過往
就把我們的故事刻畫在這個洞口吧！
這個我們一路跋山涉水
唯一歇腳的地方

都說　男人是樹　女人是花
多少年來我總倚著大樹開花
假如哪一天你的蒼翠銷蝕
那麼我的殘紅就用來祭奠你的墳頭
年年像這山腳下
從沒間斷的水流

一路闖蕩江湖
流浪過無數陌生的驛站
多年之後　才終於了悟
一旦心如止水
再也不用漂泊天涯

春光殞落的時候
就像回家
皺摺的容顏枕在你的懷裡
可以安然睡去
我是一朵幸福的海棠
心歸所屬
凋謝在你蒼虯的軀幹

2021　於蘇州

海的回音

和妳一樣堅持
喝咖啡不加糖和奶精
坐在繫錨冰涼的鐵柱上　鏽跡斑斑
前方的水平線上下
是流浪的白雲和徘徊的波濤

老狗臥在龜裂的碼頭水泥地上
懶得理會整個下午海鷗的喧鬧張狂
海浪裡的船隻起伏飄蕩
沒有人在乎鯨豚游向何方
也沒有人注意有誰靠岸

女人是需要安定和一些魚獲的
就像陸地要有莊稼結果和花朵綻放
而我是馳騁大海的風帆
晨曦中追逐著飛鳥
夕陽裡滿載著金光
羅盤遺失後
天狼星是大海遊子夜空唯一的記憶
被潮水沖刷的海螺和海貝
是散落一地空殼的沙岸
而支離破碎的珊瑚礁慘白堆疊
是想不起年代的浮游生物之死亡重複

赤腳走在映著霞光的沙灘　蜿蜒曲折
漂泊多年之後
才真正聽懂海的回音
蹉跎歲月的　不是愛情
是自己一顆虛榮的心

2020 於新竹

故鄉的河流

一條故鄉的河流
兩岸綠野　蛙聲連綿
流過童幼追逐的歡愉
流過年少靦腆的苦澀
蜻蜓漫漫飛舞
飛舞在水上浮湧的天邊

一條故鄉的河流
水草飄搖　四周稻香
鰟鮍魚在水中
泛著銀光熠燿
花殼蛋在芒草梢頭的鳥巢裡
隨著晚風蕩漾
蕩漾在綠繡眼編織的搖籃

一條故鄉的河流
是中年回不去的記憶
曾經的地圖標記被輕輕抹去
只有法元寺依然高高綴滿黃昏的雲朵
清澈的河床已被欲望這頭猛獸吞噬
柔軟的綠野正被鐵皮工廠重重地壓著
壓在黑暗的夢裡

多年之後我魂歸故里
到哪裡去尋找
一條故鄉的河流
溫柔地環抱我的胸膛
輕聲哼唱著兒時的歌謠

2022 於蘇州

註：綠繡眼：鄉間常見的一種小型鳥。

半月橋

橫跨兩岸垂柳的半月橋
流水帶著月光
流過多少春天往事
河畔的梅花清亮如白玉
橋頭的玉蘭高聳入雲霄

橫跨兩岸垂柳的半月橋
流水帶著憂傷
流過多少青春年少
遠處的青山橫臥如獅子
天邊的彩霞飛湧上屋脊

橫跨兩岸垂柳的半月橋
流水帶著歡笑
流過多少風花雪月
屋前的海棠嬌媚似珍珠
階沿的繡球美麗如瓔珞

帶著幾分醉意途經的半月橋
每次總喜歡停在橋上
望著星空的一輪明月
從月圓如餅到削瘦如鉤
如此胖胖瘦瘦
我一直來來回回的走過
走過一張紅咚咚的臉龐映著水面
流經一座通往回家的小橋

2022 於蘇州

邊緣

一道長長的柳堤
是中年疑惑彷徨的心
隔著雲天
蕩著波瀾
若即若離
搖擺在城市的兩端

不能對別人訴說
跌宕的牢騷
不能對花朵嘆息
衰敗的寂寥
流浪狗是沒有資格
批判歲月苦難的
然而昏昏沉沉的白日夢裡
卻充斥許多荒誕的漂泊
和遠離塵囂的暇想
於是人生累積的各種創傷與虛名
遂像汙穢清除之必需
沿途不斷棄置又不斷掩埋

一縷迴蕩的腳步聲
是我一階一階用心走過的塵煙
沿著石徑
映著暮色
半夢半醒
徘徊在世界的邊緣

2022 於蘇州

喝茶

咀嚼了
太多生活豐腴的滋味
需要清一清無辜的腦滿腸肥
入喉之前
夾雜著清香與苦澀
唇齒之間
吐露的人情瑣事
遂又在一條古街的茶館上
隨著小河慢慢地流淌而來

小孩逐漸長大
很有自己意見
父母已經年老
變得毫無主張
老婆正處中年
常常草木皆兵
周遭一些朋友
逐漸凋零稀落

昔日的風花雪月
是回不去的大江南北
過往的征途羈旅
是抹不掉的傷痕累累
歇歇腳只想蕩一蕩疲憊的心
一壺茶　一下午
卻清出來滿肚子的牢騷與
半輩子的不合時宜

2022 於蘇州

小學作業

小學老師派了一個作業
要每個學生下課回家後
訪談自己爸爸人生的夢想
並且寫成作文於次日班上發表
同學爸爸人生的夢想都很宏大
只有我爸爸人生的夢想太過平凡
輪到我上台發表時
我有點難為情地說不出來
最後只得很勉強地說
我爸爸人生的夢想只有十二個字
「吃得下飯　笑得出來　睡得著覺」
講完全班同學頓時哄堂大笑
我急急忙忙逃離講檯
恨不得鑽到桌子底下

多年之後
到社會工作自己也娶妻生子
卻總是因為生活　工作　經濟　壓力等
和老婆　同事　上司鬧矛盾而煩惱不已
常常「吃不下飯　笑不出來　睡不著覺」
夜深人靜
才回想起小時後爸爸人生的夢想
是何等的不平凡
是何等的偉大

2022 於蘇州

心間

在季節的輪迴裡
我的心曾經五顏六色
到塞北騎馬
到江南駕舟
到碣石觀滄海
到大漠看飛天

而妳的心
是一座小小的庭苑
一畦小小的花開
高高的粉牆黛瓦裡
一株春天的紫丁香

在征戰的旅途上
我的心曾經四野八方
在草原放歌
在江湖吟哦
在林野逐白鹿
在雪山射大雕

而妳的心
是一座小小的荷塘
一池小小的魚游
淺淺的磊疊山水中
一塊蒼白的太湖石

2022 於蘇州

卷二　塵世風月

彩蝶

人間四月　花開滿庭
此刻春光逍遙
你是聽雨　賞花　觀柳　還是朱顏相伴
你是寫字　吟詩　喝酒　或者彈琴淺唱
藝術家都是喜歡花園的
並不是他們喜歡看花草
而是享受和花草對話
並傾聽滿園四季
花開花落的言語

就在這樣的季節
你的內心竟然一片空白
而我就是衝著你寂寞的天空而來
停靠枝頭　閉著翅膀
我是一枝春天靜止的蓓蕾
穿梭花叢　振翅翩翩
我是一朵風中飛舞的花蕊
年年我回來探訪
不管你在與不在

陽光下
到處有我燦爛而華麗的身影
其實你看不到
每次風雨過後
我總是遍體鱗傷
躲藏在無人的角落
世事很難兩全其美
四季從不為誰停留
飛過春天豔紅的花叢
也飛過秋日枯黃的樹梢

徘徊這座花園大宅
目睹歷史的榮辱與興衰
都不知幾回了
你若在青石迂迴的小徑遇上我
不必再追問過往
縱然我們似曾相識
沿著當年你築起的一片粉牆環繞
我才安心而適意
宛似在一個寬廣的懷抱從容遊走
假如哪一天這一切土崩瓦解了
我將如何守候
這曾經花開滿園的昨日

看清一切宿緣　不再與世爭辯
花花世界與我無關
歲月沉澱的血脈裡
我早已心如止水
久待紅塵
渴望像白雲飛翔藍天
感覺思緒開始飄飛
腳步就要離地
其實一顆心早已騰空
趁著東風而起
我的心翻牆之後　乘雲飛天
便已自由自在
但是飛得太遠　回不到原鄉
鄉愁褪去了翅膀的顏彩
而夢裡不堪漂泊
我啊！
曾是江南園林的一隻彩蝶

2021 於蘇州

青石

澄黃的蠟梅　嫣紅的海棠
雪白的玉蘭　翠綠的楊柳
豔紅的石榴　金黃的桂花
隨著四時次第凋謝在我的眼前
不知多少年了
隱身於迴廊曲徑之外
我也想和它們一樣
一年四季永遠綻放著自己的容顏

老榆樹上掉落的水珠滴滴答答
滋潤我的身體卻也浸蝕我的心扉
桃花綻放　青蓮亭立　碧竹搖曳　紅葉飄盪
季節的腳步在這裡來來回回
看盡花開花落
經歷院落繁華與滄桑　堅硬如我
內心深處又能承載多少歲月的輪迴

倒是背後的一片粉牆之前
危崖嶙峋　孤岩聳立　紫藤繚繞　蒼翠點綴
那是一幅寫意大畫
一群文人雅士閒來沒事
把大自然的遼闊山水搬到這個庭院一隅
他們亭下吟詩　寫字　喝茶　作畫　飲酒　彈曲
足不出戶　異想天開
想要透出小中見大的宇宙胸懷

而隔壁一扇漏窗望去
凌霄蔓延　枝條繁茂　奇峰對峙　蒼松透迤
又是繪畫的另一種意境
取材山中　在庭苑塑造一個虛景
他們說在這小小天地裡
以虛就實　坐園觀天
就可以穿牆透視一個無限寬廣的真實世界

再往前穿越一道月洞門
群峰崢嶸　老樹挺拔　飛瀑流泉　洞壑明暗
亂石堆疊上可以觀松林雲濤
盈盈湖水下可以賞荷塘月色
這中國山水的格局濃縮於園林院落
他們又說這是一種返璞歸真的思想
當有一天年老力衰
不能再跋山涉水
只要庭前信步　便能
心似鳥飛　身臨曠野

置身於亭　臺　樓　閣　軒　榭　廊　舫
幾度春花秋月
多少文士名儒和騷人墨客
在此遊山賞水　附庸風雅
千百年來　朝代更迭如雲泥幻化
而寂寞角落
我仍只是水墨畫中斑駁蒼蒼的皴筆
被歷史遺忘的園林一方青石

2021 於蘇州

火焰花之歌

沒有辦法選擇出生
面對大海
我心知肚明
想要花開
得耐得住寒風與寂寞
可人生有時就像大地的一幅圖畫
同樣的季節
有人繁花正盛
有人殘紅滿地
有時我也嫉妒
像冬天燜燒殘留的餘燼
春天來了就死灰復燃
開始竄起火苗
可狹隘的心房裝太多東西
就顯得擁擠
其實在陽光雨露下
紅花與綠葉就只有一線之隔

有時我感到卑微
尤其在光鮮亮麗的人群旁邊
真實地呈現一張有些憔悴的面容
可是有時也沒想像中那麼絕望
只要能滲透一點陽光和雨露
即使把我逼到牆角
也要生根發芽
大地春回的演出中
我不打算缺席
即使自己幾乎渺小到
快被這個世界遺忘

不甘纏綣於地表
向上攀爬　盤踞屋牆
或許你並不了解　我心比天高
可好勝心強難免傷痕累累
其實背後真想有座靠山
可以攀沿倚靠
然而世事很難完美
就算使盡全力終究也有一些遺憾
好似美麗花開也有缺口

原以為自己如火焰花開的身影
可以勝過天空的雲彩
卻發現現實如往事掠空而過
沒有什麼可以為我停留
天生雙重性格　表面帶刺
外剛內柔　無畏卻孤獨
但是不知如何對你訴說
其實我的內心始終如一
堅硬如殼的外表深處
藏著脆弱的心
有時你只看到我的白天
卻探觸不到我的黑夜

在旱地開花
除了要耐得住土壤貧瘠與烈日烤曬
還得用生命付出和拼搏
可我從沒後悔
漂泊久了　才知道
這世界沒什麼好計較的
不管落腳何處
都得堅持生根扎地

早已不似盛開的花朵耀眼奪目
深藏在茫茫人海裡
假若你不用心尋覓
或許　此生你我根本無緣
繁華落盡之際　並非我的容顏老去
而是一顆風塵的倦心需要有個地方安歇
世界太大　哪裡也不想去
只想沉溺於自己小小的天地

常常午夜夢迴
彷彿春風敲響屋簷下的銅鈴
在我們一起喝茶對坐的午後
醒來才發現竟然是微雨過後靜謐的清晨
往事如風　越吹越遠
想起來的人也就越來越模糊
可你又何必總在仲夏的子夜
如窗前的風鈴　叮噹來回
不停地喚醒我沉睡多年的記憶呢？

沒人探訪
我自己悠然度過每個斜陽的午後
如果沒有海鳥偶爾從天空飛過
或許我幾乎忘了自己是誰？
沉浮多年　終於明瞭紅塵修行人世最難
現在就算這個世界要關閉所有窗口
我也要用盡僅剩的一點餘光
堅持最後結果　留你來生一個念想
因此在虛華的城市和人群中
我開始學習　仰望天空

2021 於蘇州

註：仙人掌別名火焰花。

玫瑰之戀

路過一條寂寥的小巷
妳安靜地佇立於牆角一隅
或許我用心多看了一眼
我們就從這裡結緣了
妳是一株紅色的玫瑰
只要心花怒放
便如火焰撩人
親近妳的人啊！稍不小心
便會灼傷
別人怨妳離經叛道
在我看來妳血液流淌的
本是與眾不同的色素
常常壓抑不住的脾氣
像心頭竄出的火苗
有時也把自己燒得焦頭爛額

綻放枝頭
妳是如此地高傲與自信
以至於即使錯了
都不曾在我面前低頭
有時感覺很難進入妳的世界
因此我懷疑我終日守候的
可能只是妳美麗的幻影
因為當時並不明白　天賦
就是一個人這輩子必須的概括承受
每個人自從種籽落地開始
做自己　難
不做自己　更難
而人生下來一張白紙
長大後塗滿各種色彩

局勢如此動盪
人情如此紛亂
在忙碌與壓力的環境中
我的世界需要一場革命
需要熱情和堅持澆灌一片土地
新的生活需要有明亮火紅的花朵
向天盛開
地球太黑暗了
於是我向天高舉夏日的火把
試圖看清生活周遭
川流而逝的人群背影
以及每張彷徨的臉龐
如此心頭一動就不計代價
就像蝴蝶振翅穿梭於花叢
可美麗往往織成一張迷網
而迷惘是優柔深邃的漩渦
有時根本找不到出口
都說玫瑰多刺
投以撫觸之心
卻換來一束淌血的枝梗
而執著的夜鶯啊！
是月色中再也不能歌唱跳躍的小鳥

活在喧囂絢爛的城市
我們小心翼翼地裝扮著每一天
彼此都疲憊了
總渴望解開靈魂的枷鎖
去做一回曠野的蒲公英
安靜綻放　隨風而飛　自由自在
或許在我們每個人心中
都需要這樣一座小小的山谷

山谷中　碧草如茵　薄霧輕撫
妳一張曾經歲月濃妝豔抹的臉
終於可以不施粉脂
而曾經五顏六色的心
可以回歸屬於自己的本眞
其實沒有什麼是完美的
即使樸素無華一生如我
心底也有深深糾結的烙印

舞台燈光離迷　時光沉默無語
三拍子的旋律　腳步交錯
紅色晚禮服　裙擺飛揚
今晚　我可否再邀妳跳一曲
最後的華爾滋
在春天的舞台競逐
或許每個人心中都燃著火焰
而金風玉露一相逢
誰又能淡定自如呢？

無論如何　都不再怨妳了
畢竟如夏日寶石的璀璨
我也有過一回　只不過
我們此生散落一地的往事
恐怕秋風一起　都會蕭蕭帶走

年少時　玫瑰代表愛情
我是聽過的
長大後　才終於明瞭
親吻枝頭的花蕾之前
必須經過一條漫長的荊棘之路

2021 於蘇州

花與石

小園花開的季節這麼多年
青竹長高了
紫藤蒼老了
石榴綻放愈加豔紅
蝴蝶在此年年徘徊
而留給我的
陽光和雨露
月色和風雪
四季依然

水墨需要一張宣紙
花朵需要一方青石
花用華麗讚美春天
石用淺絳收斂容顏
有花無石　空虛
有石無花　單調
剛好柔美的外表背後
需要一顆堅硬的心

我仰頭眺望遙遠的蒼穹
夜空下　夢想伸手摘一朵繁星
只是不知哪一朵
今夜會像流星一樣隕落
春去了　歲月是一堵斑駁的粉牆
你走了　掩閉所有花開的心事
留一口軒窗讓你回來探望
如果你還記得當年
你像青鳥穿梭來回的那條小徑

昨日夜空群星閃爍耀熠
你是銀河不小心掉落人間的星子
遲歸的人啊！
想探聽花的消息
就來我的跟前坐吧！在這裡
月色曾經明暗移動
小蟲曾經輕輕遊走
時光曾經巨細靡遺地刻畫在我臉上
我可以慢慢告訴你所有凋去的花朵
以及季節遺落的顏色
至於你曾經駐足的腳步
那已是花崗石板縫隙裡
消散良久的塵埃

2021 於蘇州

獨釣

經歷許多人事
原本覺得自己的心
已經堅硬如石　寸草不生
哪知昨夜一場風雨
如漏屋返潮
心底竟然五顏六色
密密麻麻長出了青苔

巨岩龜裂　色彩斑駁
海水起伏　濤聲轟隆
坐在山海之交　懸崖一角
這裡太平洋的波瀾
滌蕩我孤獨的歲月不知幾回
你若問我為何在此垂釣？
我只能說
女人拎著包包逛大街
我則攜帶釣竿逛大海

海面湛藍如夢似幻
這無盡的潮來潮往
假若一雙眼睛盯著太緊
很快就會頭暈目眩
晴空萬里　薄雲悠悠
海蝕平台需要大浪淘洗
而我的心
需要陽光曝曬
需要海風拂拭
需要時間消磨

2021 於蘇州

牆與樹

沒有嫌棄我歲月的風霜
妳總是白日撫著我斑駁的容顏
在天光掩映下
對我說起妳塵世的風月
風來了
妳擺動著衣袂
為我跳上一曲「雲門」
那被人間遺忘的古老舞蹈
入暮後
我陶醉地睡著了
妳踮著腳步悄然離去
在我耳邊輕聲說起：
祝君一好夢
天地相逢自有時
唯願明朝
依舊風和日麗

2022 於蘇州

凌霄

不與群芳爭妍
不和百花鬥豔
蟄伏在春天的舞台
默默看著繁花　花開花落
海棠卸去胭脂　楊柳換過新裝
玉蘭黃了晰顏　牡丹閉鎖花苑
我偷偷探頭望著蒼穹
守著自己寂寞的天空
一片斑駁剝落的粉牆
是你離去之後留下的依靠
烈日曾經上下巡視垂探
蝴蝶曾經左右徘徊流連
流螢入暮挑起了點點燈盞
我漫長等待深藏蓓蕾的一顆心啊！
依然靜默不語
直到南風湧動捎來音信
藍天白雲在屋檐搭上帷幕
江南水鄉一路張燈結彩
我才小心翼翼蒙著紅色蓋頭
在百花盡已凋零的時日
宣布佳期　坐上轎子
吹著嗩吶　燃放炮竹
一路高歌歡騰　紅紅火火
於盛暑凌放雲霄　正式出閣

2022 於蘇州

玉蘭

深秋之後
收起了夏季的綠袍
用頭巾裹得緊緊的
過了一個寒冬

伯勞鳥在枝頭跳躍
報告換季的消息
東風吹暖了身子
整個樹林準備換裝
帶著絨毛的花苞
在晨光中燃起了燭火
燭火點亮了藍天
天空到處高舉著燈盞
大地一片光明

白天與太陽爭輝
夜晚和月亮同皓
李白欲上青天攬日月
我則攀爬高梯摘玉蘭
想要擷一朵初春的瓊瑤
繫在妳烏黑的髮稍
正好搭配妳白雪的容顏

2022 於蘇州

海棠

春寒料峭
綠葉還蒙著頭
鑽在被窩裡
一張張苞蕾嫣紅的臉蛋　此刻
熟睡在初春的帷幕裡
白頭翁每天在小園窺探
這大家閨秀何時起床梳妝
破曉之後
一群小鳥在枝頭跳躍
嘰嘰喳喳
似乎議論著今年的什麼大事
我在夢中被吵醒來
窗外晨光照著露珠晶瑩剔透
牠們正在評頭論足
看哪一個美人
臉上的胭脂施得最迷人
可以奪得本季最美的花魁

2022 於蘇州

桂花

梅花寒冬與冰雪爭白
海棠初春似胭脂綺麗
凌霄盛夏如火焰燃燒
而我是屬於秋天的
屬於清朗的夜色
屬於寂靜的小園

微風繚繞涼亭
月光照著枝影
翠綠叢中婆娑搖曳
窗外萬點金光閃爍
兩袖清風桂子含露
一夜暗香催人無眠

沿著石階　晨曦拾級而下
清早的庭院
青石板上灑落一地的
不是瑤台天女的散花
而是昨夜廣寒宮
嫦娥掉下的眼淚

2022 於蘇州

蓮

根在泥裡
長在水中
伸向天空
同時擁有白雲和藍天
同時擁有朝露和晚霞
同時擁有湖泊和水塘
同時擁有月色和星光
它是
湖之驕子　水的寵兒
佛陀的須彌座
周敦頤的精神花朵

蜻蜓和翠鳥喜歡它
金魚和青蛙喜歡它
菩薩和仕女喜歡它
文人和雅士喜歡它
而我喜歡
春天蓮葉蒸米
夏季蓮花插瓶
秋日蓮子煮糖
寒冬蓮藕煲湯
喜歡「趁著月色觀菡萏」
喜歡「留得殘荷聽雨聲」
喜歡它亭立靜動　俯仰臨風
在江南畫卷裡的
每個春夏秋冬

2022 於蘇州

菊

不與牡丹爭春
不同芙蓉競夏
不和落葉同眠
我是秋天才剛甦醒
才開始梳妝
拉起紗簾
慢慢推開閣樓的雕窗
探頭向外
疏朗的天光
明亮潔淨
在這樣的季節
我是山崖的紅顏
隱者的知己
永遠以素面相見
如果要同陶淵明
仔細收藏我深秋的容顏
那就請你以一只
雨過天青的汝窯瓷
再斟上一杯九月的黃花酒

2022 於蘇州

紫藤

春末的花開
像萬千粉蝶的群聚
它不是地上綻放的花朵
而是天空閃爍的繁星
蒼老的藤蔓
歷經朝代更迭
翠綠的枝葉
年年替換新妝
陽光照耀　紫玉剔透
春風吹來　珠簾玲瓏
前世遺落人間
它若不是
一串菩薩胸前佩戴的瓔珞
便是
一枝貴妃髮髻斜插的步搖

2022 於蘇州

卷三　人間煙火

回顧 2013

屋後
栽了一棵桂花樹
開了黃金花　做成一些桂花糕
感謝大地美好的餽贈
門前
種了幾盆生菜和香草
百里香　荷蘭芹　羅勒　鼠尾草　地榆
吃了整個夏季的沙拉

廚房
試做了核桃乾果麵包
誘人的香氣是酵母的功勞
我不過摻攪了五根手指
披薩失敗了六次
第七次兩面輪流火攻
終於征服了義大利頑強的抵抗

屋內
開始學會泡茶
信陽毛尖如公主般嬌貴
只能八十五度 C　溫柔的侍奉
十一月第三個星期四
買了幾瓶葡萄酒
這是每年法國薄酒萊的誕生日
另外喝了一些黃酒
幾年前從山東帶回的即墨
和知己同飲　一點也不寂寞

桌前
看了幾本書
再見故宮　大古都　大清滅亡啓示錄
外加　中日恩怨兩千年
整理了一些照片　從年輕邁入中年
寫了一些詩　從春天到秋天
圖配詩很費工　偏偏花了整個冬季
上網
在新浪開了博客
初入江湖　不知天高地厚
原來武林高手如雲
各大門派　深不可測

外出
遊了烏鎮　同里　西塘　周莊　西湖
用相機把古鎮的容顏　個個攝入
魂牽夢繫的心底
吃了糯米藕　東坡肉　荷葉粽　萬三蹄　醋溜魚
讓江南傳統美食　一一撫慰
多年飢渴的鄉愁
冬天去了徐州
看楚霸王項羽的戲馬台
昔日英姿消逝在時光的軌道上
而皇藏峪　劉邦當年躲藏的山洞
只能說命不該絕

專程前去　憑弔
淮海戰役紀念碑
國共兩黨戰死超過五六十萬
而埋骨留名的軍魂
只區區不到三萬
緬懷先烈　不勝唏噓
歷史的輪迴至此
和當下的氣溫同樣冰寒

國際局勢與投資
黃金大跌
各路大媽湧進搶貨
我先按兵不動
觸控面板殺價賠本
關了小公司
損失六十萬
各地出現鬼屋
房地產危機四伏
高處不勝寒
借款收回十五萬
眞朋友有借有還
中國 GDP 控制在 7.5%
對欲速則不達有了新體會
反貪腐　有力道
蒼蠅老虎一起打
打倭寇　別衝動
先造航母再釣魚

海峽
兩岸服務貿易協定
立法院　拳打腳踢
國民兩黨藍綠　壁壘分明
小小的島嶼
正被波濤洶湧的政客口水
淹沒吞噬

上海　冬
沒下什麼雪
開始有了霧霾
禽流感從週邊開始逼近
要過年了
物價漲得無法無天
不敢吃雞
鱖花魚一斤五十八元
此時打工的回家了
執勤的也似乎不管了

花園的月季
還在寒天中綻放著嫣紅
小孩在陽光下玩耍
剛烤好的花生牛軋糖香氣瀰漫
珍藏的匈牙利托卡伊甜酒
已經斟滿
歲月如此靜好　來吧！讓我們
一杯　敬　2013　俱往矣
一杯　敬　2014　新年好

2014 於上海

花瓶

裝滿了花
看上去
似乎就視而不見了
此時　佇立桌面
沒人稱我爲瓶
但稱我爲花
花滿而瓶空

空的時候
沒有花朵
我是實實在在的一只瓶
一只身上沒有任何花朵的瓶
雖然你們堅稱我是
花瓶

有花的時候　沒人在乎瓶
沒花的時候　我才眞正是
一只瓶
一只花瓶

2014 於上海

生活的細節

有時候我不想張揚生活的細節
因爲蜷縮在一張椅下
半片陽光就是我的全部
有時候我不想辯論幸福的意義
因爲那些白日曾經擁有的
恰是我黑夜想要逃離的

2022 於蘇州

花園記趣

寒冬何時才能結束？
梅花應該就是春天的信使
海棠嬌媽最怕風雨無情
陽光照著玉蘭像燈盞一樣明亮
紫丁香便在微風中散發著芬芳
貼地綻放的除了紫花地丁
還有藍色星星般的阿拉伯婆婆納
蛇莓的小黃花將來會變成鮮紅的果實
而黃澄澄的蒲公英已經在為夏季的旅行打包行囊
薄荷的甦醒和小茴香的萌芽前後呼應
香蜂草的翠綠和百里香的濃郁似乎相互約定
光禿禿的無花果梢頭也開始蠢蠢欲動
芍藥和牡丹比著誰先開放和花朵大小
至於紫蘇的瘋狂生長和覆盆子的野蠻擴張
不知誰能與之爭鋒
羞女菊斜倚籬笆回憶著去年秋天的姿容
烏鶇在木繡球潔白如雪的花上啾鳴
白頭翁在玫瑰豔紅似血的枝頭跳躍
而風中胭脂般展顏的酢漿草正集體連袂舞動
迷迭香碧綠的葉芽低低散發著夢幻幽香
馬薄荷剛結的花苞才在風中懶懶搖晃
一字排開的金絲桃便在空中閃爍著點點金光

蝸牛把晨曦頂在高高的觸角
三葉草把露珠輕輕掬在手上
繡球花沿著小徑夾立而開
珠頸斑鳩漫步石板尋覓著躲藏的草籽
午後斜光穿透紗窗
清風暖和寂靜
新荷剛從陶缸裡冒出水面
浮萍便織起一席翠綠的薄毯
而風車茉莉早已悄悄攀上了閣樓
此時除了看書　喝茶　適合冥想和打盹
蜜蜂圍著羅勒的花瓣轉來轉去
蝴蝶翻過牆來繞著薑香翩韆飛舞
屋簷的小白狗吠著樹下的大橘貓
黃昏的香樟換了新衣裳
我在青梅熟釀的夢裡醒來
採一束荷蘭芹一半插瓶一半做菜
這是句芒跨越時空的餽贈
開一瓶拜倫威士忌準備歌頌春天這樣的季節
可今夜的酒還沒飲
我卻像那金色醇厚的液體
融溶於透明的冰心　迸裂一聲
沉浸在歲月靜好的懷抱

2022 於蘇州

註：句芒，中國神話中的木神也稱春之神。拜倫：英
國詩人，著名的詩貝威士忌酒廠以他冠名作為商標。

香草花園

沉潛這麼多年
我的身軀早已化做
某個秋天散落的鬆軟腐葉層了
薄荷的根藤擠在荒蕪的邊沿
珠頸斑鳩偶爾在黃昏中
啄食茴香去年遺落的種籽
小蝸牛尋覓了一地晨光
也嗅聞不到紫蘇和鼠尾草
被冰雪隕沒良久的殘香

春風沒來
大地緊掩著細密而昏暗的天窗
誰先探頭出去查看
這已是百花蠢蠢欲動的季節
桃花　梨花　玉蘭　甚至　海棠和月季
像穿著各款時裝的少女
相繼伸展在各自妍麗的枝頭
而我的養分卻只是一個
冬天羞澀的行囊
不能給予你們絢爛的顏彩
更託付不了白色蛺蝶一季的眷戀
但我只需一場細雨的垂憐
便能還給你們一生的青翠與幽香

而在離去之前
我要仔細一一回顧
回顧這一畦小小的園地
迷迭香的舒展
羅勒的歡顏
荷蘭芹的奔放　甚至
百里香的蔓延　以及
蒔蘿的搖曳
至少面對春天的舞台
我沒缺席
就著香蜂草瀰漫的醉人氣息
可以含笑歸土

2014　於上海

紫蘇

不要說人了　有些植物
甚至不能隨便招惹
一株種在小園的紫蘇
來不及採摘　全開了花
紫花玲瓏小巧　可愛至極
就被留下過了冬
枝條枯死之後被連根拔起
卻抖落一地花種
哪知昨夜春風一吹
滿園長出紫燦燦的小苗
像星斗到處掛滿了夜空
盛夏驕陽跋扈
屋後變成一座小小森林
我每天像一隻不停咀嚼的野牛
用胃拼命消滅紫蘇的擴張
一直到入秋
望著夾在大餅上紫燦燦的生葉
消受難了
終於明白
有些很犟的植物
是不能隨便招惹的

2022 於蘇州

蒜頭

往砧板一按
先啪啪啪　拍頭
剝去一層皮
再剁剁剁剁……
心都被逼碎了　還辣人
只有霹靂手段
油爆熱炸才能使它身段放軟
等香氣出來了
我才確定它已魂飛魄散
徹底屈服

2022 於蘇州

薑

把我削皮挫骨之後
一些不想要的
就叫我去幹
譬如除魚腥肉膻
或者
去濕氣寒涼
這些苦差事
我都獨自承擔沒有怨言
但是蒸煮炒炸
折騰半死之後
還一臉鄙視
把我視同垃圾丟棄
這就嚴重傷害我的自尊

2022 於蘇州

洋蔥

讓我敞開了心
妳卻自己難受
經歷許多折磨之後
終於悟出如何讓妳不再難受
先把我丟入冰箱一角冷落一番
備好一把利刀
不必再一層一層撥開
用最快的速度
直接把我整顆切碎
冰冷的心
不會有任何疼痛
因此妳不必再爲我
流下任何一滴眼淚

2022 於蘇州

辣椒

一根燃著火焰的紅燭
一下就霸占了所有的味蕾
吃進嘴裡的辣子雞
宛如一截引信
瞬間點爆那些　還散在盤裡的
一堆鞭炮
進入咽喉幽暗的峽谷
好像有人點著火把
攀岩叫喊　尋找激流的兩岸
那一路撞壁觸礁的小船

自虐與成癮不知是否
和它們有些勾結
也許　造物者
老早就預知它的狂野
以至於　每每忽視
我被誘嗜之後無力抵抗
只能被囚於烈火煉獄之中
齜牙咧嘴地
控訴它糾纏不止的暴行

2014 於上海

無花果（一）

如果你是魚
我想給你海洋
如果你是鳥
我想給你天空
如果你是馬
我想給你草原
而你是一棵無花果
不開花只結果
於是我給你一個花園
左邊種著金絲桃
右邊種著香蜂草
春天有花朵相伴
夏日你可以靜靜地結果

2022 於蘇州

無花果（二）

反而冷天不穿衣服似的
冬日的樹幹和枝條光溜溜的
春天來了
披著一件薄衫
夏季一到
便裹上一襲綠袍子
青翠的小果子
在盛夏不分晝夜地長大
小孩和大人整日翹首盼望
一顆顆紅了顏色的小燈籠
果子熟不熟
不問蝴蝶和蜜蜂
要問清晨的烏鶇和白頭翁
柔美甜蜜的無花果啊！
生來不與群芳爭豔
只把花事藏在心底
一輩子不開花
只結果

2022 於蘇州

柿子

我說
兄弟！
這年頭太難了
我們每個都得挺住
誰先服軟了
誰先被幹掉

2022 於蘇州

草莓

相信上帝造物的初衷
是一種完美的設計
這似春日彩霞凝成的蜜汁
少女兩片紅唇緊密的貼合
承受不了任何碰撞的
恰是這樣一顆脆弱的心啊！
豔麗的外表經不起
生活的折騰
如此的美學我想棄之荒野
寧願是鄙陋的形體帶著勇敢的心
紅色的誘惑或許可以拒絕
但是面對一口甜蜜的謊言
有時很難無動於衷

2022 於蘇州

蒸一條白水魚

白水魚　長一英呎半
像一條厚重耀眼的銀鏈
蒸鍋容不下了
只能一刀兩斷
痛苦的斷面　一人一半
露著脊梁　明亮而整齊
帶頭的一邊　兩顆眼睛　是你汪洋的導航
帶尾的一邊　一隻尾巴　是我小船的搖櫓
火山在海底爆開　波濤開始蒸騰
起霧了　大海的風暴要來了
我們相互緊緊的挨著
然而所有方向都不對了
七分鐘的迷航
此生終於在鍋裡風平浪靜
我們最後被迫靠岸
在青花瓷淺淺的盤底
既然要端上檯面
自然要有各種調料　以及灑上
美麗的裝飾
讓我們看起來
不曾分離

2014 於上海

廚師

手揮起各式利刃
就是為了和人類挑剔的嘴巴搏鬥
切刀　斬刀　剝皮刀　剔骨刀　鋸齒刀
所有破壞原始生物造型的
一切武器　要熟練到爐火純青
烈火　煙硝　蒸氣　與汗水
是永遠忠誠的戰場夥伴
灶台　鑄鐵鍋　鼓風爐　排氣扇
絞肉機　蒸籠　烤箱　熬湯鍋
任何可以加速攻城掠地的
各式機具　必須同時出動

嚐過人世的各種滋味
酸　甜　苦　澀　鹹　辣
人與人之間的喜愛與憎惡
稀　稠　濃　淡　軟　硬　脆　黏
都要壁壘分明地了然於胸
端出一桌滿漢大餐
佛跳牆　獅子頭　香酥鴨　松鼠魚　燴海參
炸大蝦　烤羊排　炒時蔬　八寶飯　核桃酪
饑餓的腸胃　指揮著兩排牙齒和一根舌頭
看著強敵　橫掃千軍萬馬
檯面上一座座城池的丟失
是一場精心設計的誘敵計
盤底裡的兵馬被徹底殲滅之際
就是我軍下一波主力攻擊的開始

作為主廚
我是一個和平年代的武將
全身裝束著白色挺拔的鎧甲
廚房是我一生戎馬的戰場
而客滿的餐桌
才是我榮耀授勳的殿堂

2014 於上海

貓屎咖啡

一張女人不願意看到的皺紋小臉
一粒沒有生殖力的種籽
和黃金一樣高貴的
純粹的肉體排泄物

精神的昇華和我無關
那些　戰爭與談判　愛情與婚姻　纏綿與決裂
以及任何妥協的交易
和我無關
我是黑夜騎士　落日之後發動的反抗軍
反抗睡眠　反抗寂寞　反抗一個人的孤獨

做為永遠不能飽腹的一個
糧食對立者
280 元 RMB 一杯把我打入反貪腐的黑名單
而我不過是　人類嘴巴排隊等在
麝香貓肛門拉出的一坨屎

2014　於上海

註：貓屎咖啡又名麝香咖啡，是世界最昂貴的咖啡之一，
麝香貓吃下咖啡豆果實後排泄出經發酵但無法消化的種
籽，商人利用此豆子加工烘焙而成的一種咖啡。

烤麵包的聯想

高筋麵粉裡　摻入
水　鹽　糖　油　酵母　還有
葡萄乾
揉成一個麵團　等待
成型
九十分鐘後　漲成
一個成熟女人
白皙完美的胸脯
用手觸探一下發酵程度
此刻　有了妄想

放入烤箱　二百度 C
倒了一杯葡萄酒　等著
二十分鐘後　出爐
一個在沙灘剛做完日光浴
古銅色豐腴的胴體　躺著
我用鼻尖沿著山丘的陵線
輕輕滑過　香氣正從毛細孔散出
糾纏著黃昏的腸胃
於是　入夜
我開始動了凡心

2014　於上海

黑夜

小朋友怕夜黑
問我
為什麼我們要在晚上睡覺
我說　因為動物睡覺時很危險
而黑夜讓大家看不到彼此
因此可以保護我們
小朋友又問
那要是夜行動物看得到我們
怎麼辦？
我說　那我們就危險了
可是等天亮了　換他們睡覺時
那他們就危險了
小朋友說
嗯！　原來黑夜是保護我們的
我說
對！　黑夜用來隔開彼此
是看不見的美麗距離

2022 於蘇州

愛的方程式

宇宙粒子的碰撞
是時間概率的問題
然而帶電的物體
容易搓觸火花
你我就是這樣的人
屋內相敬如賓時
我們價值理念的大軍
候在城外列陣對峙
白日冷漠無語時
我們原生家庭帶來的天賦
正在黑夜互相搏殺
當我們在月色如水的夜晚
像兩條小魚相濡以沫
手下各自經濟學的伙計
早躲在酒館握手言和
假如我們一直爭吵不休
彼此的醫療團隊
就馬上開始準備擔架
或者尋找墓址
至於表示分道揚鑣
雙方的律師顧問
絕對提前討價還價
甚至大打出手

2023 於新竹

不要輕易說愛我

當妳說愛我時
蒼穹懸掛著明亮的滿月
而我不曾知曉
當妳說不再愛我時
春江漂流著月夜的落花
而我不曾知曉
當你說愛我時
秋風翻閱著初見的回憶
而我不曾知曉
當妳說不再愛我時
沉默怒懟著無聊的重複
而我不曾知曉
當妳說愛我時
快樂的鐘擺重重地擊昏一顆腦門
我是知道的
當妳說不再愛我時
悲傷的鐘擺狠狠地敲碎一地春夢
我也是知道的
而人生啊！
其實就像鐘擺的兩端
我們來來回回地想穩住大海的波浪
但繫著風帆的纜繩總有難解的糾纏
因此　親愛的
不要輕易說愛我

2023 於新竹

罌粟

自卑　自大　嫉妒
竟然私下勾結成三角關係
我並不知曉
自卑蜷縮在一條路旁幽暗的角落
太陽出來　刻意站起
迎著日光讓自己的影子
顯得特別高大
直到黃昏才逐漸縮小身影
黑夜終於把它打回原形
不甘心困於這條看不到盡頭的路上
我頂起畏縮的軀幹
沿途狂奔吶喊　岔路上
我想我慌亂地跑錯道了
跑進一片嫉妒的荒蕪
嫉妒化妝成的慾望
是一處很難填平的深壑
貧瘠的土壤
覆著太多繁華落盡的腐葉
心中的小苗不斷滋長
最後竟然開出了血紅妖嬈的花朵
孤寂的空谷深夜
其實我常想捏碎自己
不要結成
一顆飽滿而多黑籽的罌粟果

2023 於新竹

小白的告白

早上望著晨曦嚇唬珠頸斑鳩
下午嗅著蒲公英追逐黃粉蝶
沒事盯著螞蟻大聲吼叫
以上純屬自我娛樂
而夜裡任何風吹草動
我的敏感神經
隨時保持警戒
隔壁小黑偶爾過來串門
我仍是友善相迎的
而無視我的存在
鄰居美女被咬
那是傲慢的代價
這個希望你們理解
至於衛生習慣
不如人意
我實在深感抱歉
守著小園的春花秋月
護著屋內的大人小孩
作為一隻小狗
我絕對親疏有別　盡忠職守
此點請你們放心

2022 於蘇州

生活指數

早上
一部手機　一杯咖啡　一台電腦
桌上有雞蛋　水果　麵包
股市在屏幕跑馬
世界在眼前打轉

中午
一只背包　一個飯糰　一瓶青茶
兩腳可以走路
四處可以看山
幽徑有鳥語和花香
頭上有藍天和白雲

晚上
一本書　一碗肉　一壺酒
抖音有人表演
微信有人聊天
星月可以摘攬
天涯可以乾杯

夜深了
一條老狗　一個老窩　一場青春夢
昔日的快樂與悲傷總算醉倒
身上的榮辱和得失終於躺平

2022 於蘇州

酷暑

懸掛天空的燈籠快要燒起來了
站在街上
我並不流汗
而是皮膚刺痛開始發皺
像臘肉一點一點被風乾
只不過這不是寒冬
而是無處逃避的盛夏

木繡球的綠葉燒焦了
小白狗在牆角
趴在自己挖掘的土洞
恨不得立刻鑽入地心
金魚從陶缸裡跳到石板上翻滾
而黑蟬躲在樹梢早已喊不出話來

糟糕的是
剛買的西瓜自己爆裂
穿在腳上的布鞋底膠溶了
竟和柏油路黏貼一起
而影子拖著又乾又黑狼狽的步伐
氣得一路冒煙
並且望著地面茫茫的海市蜃樓
不停地大呼小叫

2022 於蘇州

卷四　旅途記情

天平山之秋

秋天之後
除了山中一條小徑
哪裡都不想去
山路崎嶇
兩旁花崗岩錯落起伏
攀登途中想找個地方歇腳喝茶
一塊巨石掩映在大樹之下
要不是下著小雨
這裡便是理想的茶座了
有志一同　此刻
幾隻白頭翁也跑來避雨
唧唧喳喳
似乎閒聊著夏天的往事

來到一條小溪　亂石堆疊
流水曲折迴旋
黃葉依波逐流　遠樹隨風搖曳
亂石和流水本是一對冤家
生硬的亂石和單調的流水
在這裡攪揉成一段曲溪
像小旦的清唱　婉轉流暢
流走許多西風的憂愁

山下小湖是楓林梳妝的明鏡
秋天的臉龐倒映在水中蕩漾成一片金光
雨滴在湖面激起的同心圓漣漪
水中分分合合
一列青岩排成的石徑穿過小湖的中央
彎彎曲曲
我徘徊在江南雨天的風情畫裡
靜靜默默

北風吹起　落木紛墜
天平山腳下的樹林清疏蕭瑟
陽光枕著錦繡一般的紅葉
密密麻麻　層層疊疊
這是楓香告別秋天送我的禮物
草木早凋　寒意漸濃
林鳥遠去　蛺蝶無蹤
剛好我想要一床新棉被來過冬

2021 於蘇州

靈岩山上憶西施

吳王建夏宮的木材
瀆塞了河道
木瀆古鎮因此得名
西施穿屐走過響廊
綺羅款擺　金玉玲瓏
館娃宮的歌舞
在玩月池畔通宵達旦
勾踐和范蠡舉著血紅的火把
在黑夜中悄悄靠近
夫差握著青銅劍
以髮覆面自刎於陽山之腰
傾城傾國
到底是個人榮譽還是世間禍害
使人迷惘
巨岩嵯峨之巔
到底何去何從？
太湖浩淼之上
和誰泛舟江湖？
一條蜿蜒的青磚山路
自古走過多少行人的足跡
王侯將相　英雄美人　普羅眾生
曾經在此來來回回
黃澄澄的靈岩山寺
怪石嶙峋的香樟樹下
一隻上岸風化千年的老烏龜
望著水波茫茫看盡多少歷史的煙雲

2022 於蘇州

興福寺春雪尋常建

只因唐詩三百首蒐錄你的一首名篇
初春　我來虞山腳下尋你的古老逸事
朝雨如絲　桂樹抖動的葉稍
清脆彈跳　靄靄濛濛
興福寺邊的麵館與寺廟同名
這寒氣瀰漫的清晨
路上行人稀稀落落
早餐來一份蕈油麵是絕對必要

古寺歷經朝代更迭
質樸靜謐依然
陰沉的天光有幾分寂寥
寺廟屋脊高高翹起的魚龍
此刻　昏昏欲睡
遠處山坡密密綿延的竹林
在寒氣中搖曳闌珊
而庭內牆邊的臘梅
安靜含蓄地開著
泛著微微金光小小如女子的耳墜
我不經意伸手一觸
突然千朵萬朵明亮起來
粉牆黛瓦斑駁生苔
木葉蕭蕭颯颯
天籟繚繞紛紛而來
仰望天空　無盡瓊花忽從蒼穹抖落
我仰頭去承接一盤天賜玉露
閉眼把空中的清芬吸入整個腦髓

於是
四周臘梅展顏歡笑
兩側竹林蒼翠欲滴
而屋脊的魚龍在白波中凌空跳躍
禪房花木和當年一樣深寂
水潭映著枯樹空曠無聲　碧螺春
在雙手捧著的玻璃杯中緩緩綻放
我啜飲一口　含著綠芽重生
石碑刻在一處幽靜的亭下
你的詩文是米芾的親筆字跡
這唐宋的詩書連袂
你生前可能不得預知
山鳥啾鳴的暮鼓晨鐘
在此迴響已過千年
黑白雙龍沖破了山澗
破山寺釋空了你的心跡
而我的心映著後禪院當年的潭影
裝滿了你的留言
以及二月窸窸窣窣的白雪
在水面漣漪泛起的蒼蒼翠微裡

2022 於蘇州

註：該年大年初六至常熟虞山興福寺（唐
朝時稱破山寺）訪唐朝詩人常建的《題
破山寺後禪院》遺跡，忽遇大雪，故寫
此詩為記。

沙洲古城

一片荒涼嶙峋的山壁
聳立於黃沙大漠　沒有一根野草
夜宿此地我的行囊只剩兩塊乾饝
雲河浩瀚　空寂幽矇　頓時
腳下飛沙走石　鳴嘯大地
之後仰望天空
卻又星光暗淡　冷月無聲
蜷縮在一處雜亂的石窟之下
我想我已迷失在戈壁無垠的砂礫當中
仰天合十膜拜佛陀許願
若能活著走出這重重魔障
有生之年必來此還願

古道西風凜冽　飛沙鳴嘯依舊
瘦馬馱著我踽踽于途
重返一片嶙峋蒼茫的山壁
大漠黃沙中沒有一根野草
夜宿此地我的行囊多了
鐵鑿　畫筆　油蠟　和一本草圖
開鑿一個洞窟兩手盡已磨破
架著木梯壁上攀沿打磨
高舉著微弱的燭火　稟氣凝神繪畫
所有顏料只能就地取材
十八年後我的雙眼已經無法辨識色彩

壁上　花朵飄灑　彩帶旋轉　瓔珞翻動
佛陀　菩薩　天龍八部　各居其中
力士怒目睜眼　金剛叱吒風雲
樂伎反彈琵琶　神女婀娜多姿
此刻　我的心願已了
佝僂的身軀可以同岩石風化
自由的魂魄可以在天國凌空
妳若沿著絲綢之路來探沙洲古城
就到莫高窟中尋覓我親手為妳彩繪的壁畫
這裡曾經野花爛漫　碧水縈迴
當年我們一起行經陽關古道
一路羌笛悠揚　駝鈴陣陣
在黨河河畔一棵紅柳樹下
坐看大雁掠過雲端
聽著鐘磬迴盪山谷
而妳竟然脫靴跳到一顆巨石之上
對著穹蒼赤足起舞
宛若飛天

2022 於蘇州

註：敦煌古稱沙洲。

初春大陽山賞梅

新冠疫情瀰漫的期間
人心的隔閡遠過地理的距離
即便春光明媚　遊人還是少的

翠綠的竹林幽徑總在入口揮手相迎
大陽山的梅林等在更深處
白雪一般地安靜綻放
似乎無懼這地球上人與病毒的資源競爭
也就更不在意　當下
俄羅斯與烏克蘭的領土爭奪了

席地而坐在梅林的梢頭下
沏一壺清茶　剝幾顆黃澄澄的小橘
半山亭似乎仍春眠於霧靄蒼蒼裡
小孩在林裡盪著鞦韆
女人在花下拍著視頻
春風吹拂　銀光閃耀
伸手一揮　白浪一片蕩漾如潮
閉眼深吸一口大地的精芬
整個空谷暗香浮動

小湖倒映的嫣紅花蕾
是春天甦醒的容顏
林鳥婉轉清唱　閒聊著冬天的往事
山風和陽光滌去我們滿城的落塵
此刻　無酒對飲卻花香醉人
就來一杯故鄉的烏龍茶　潤喉之後
可以吟詠宋王安石的「遙知不是雪」
或者　學南北朝陸凱折梅繫在你的行囊
「江南無所有，聊贈一枝春。」

2022 於蘇州

註：於疫情期間至大陽山賞梅是時爆發俄羅斯與烏克蘭戰爭。

大陽山遇山杜鵑

行走一條山徑
沿著石階拾級而上
繞過半山亭
躲在岩壁之後的山杜鵑
明亮地開了
好像入夜之後點起的燈盞
驚豔這一面之緣
我們拉高了嗓門
開心地笑了
笑聲迴盪在四月的春天
回盪在大陽山的山腰
但是豔麗的山杜鵑
是一朵泣血的帝心
是望帝杜宇春天的悲鳴啊！

行走一條山徑
沿著石階拾級而下
回首躲在岩壁之後的山杜鵑
依舊明亮綻放
繞過半山亭
山崖邊立著一塊石碑
銘刻著
春秋時代吳越爭霸
吳王夫差兵敗自刎於此

2022 於蘇州

夏登穹窿山

三伏天的市區
柏油路面癱軟一地
帶著一把折扇和一瓶烈酒上山
遠眺山巒隱隱
蘇州這個精緻的城市啊！
三百四十二米的穹窿山　便號稱姑蘇第一高峰
乾隆六次登山
我想依靠的應是八人大轎
這天子步輦的御道　如今在我腳下
是一階階散亂崁合的青石和花崗岩
翠蔭蔽空　雲朵從石徑逶迤的上空掠過
宛如一條白練橫天
微風從密密麻麻的竹林空隙中吹來
身上好似浸著一灣透明的溪流
沿路山石的鐫刻到處都是遠古的留言
登上道觀的閣樓　倚欄西瞰　腦海浮現李白岸然的身影
銀光萬點處　便是太湖一覽無盡的波濤
入後山　朱買臣的讀書台隱匿於蒼松參差之下
三層泉水滲地細流　演繹著西漢「覆水難收」的典故
高聳雲霄的青楓林下
孫武隱居寫下的兵書牽動歷史千年的征伐
茅屋庭前我搖扇踱步遙想一代兵聖胸中的千軍萬馬
下山回程　繞北而行
囊中一瓶烈酒想和韓世忠　對飲舊亭　一解千愁
此刻　縱然不在中秋賞月
這青山翠谷中依然有往還古今的幽情
從歷史斑駁的古道　一階階往下踏回現代
三伏天的市區
柏油路面癱軟一地依然

2022 於蘇州

春遊石湖

這一湖水啊！
隔著二千多年的吳越春秋　交融著
夫差　勾踐　西施　范蠡　遠古的愛恨情仇
春日　行至行春橋上
早開的紅梅已經抖落滿地
而楊柳剛冒出嫩黃的綠芽
漁莊蕩著波濤的水岸
范成大彷彿遠遠地向我招手
我大聲回應　拜讀過你的「四時田園雜興」
特來尋你的舊跡和逸事
詩人點頭　甚好！甚好！
湖上泛過一艘小船　有人吟詩論畫
抬頭一望　應該是唐伯虎和文徵明正在論文話畫
沿著湖心長堤漫步
夾道兩岸桃花才剛含苞
向西眺望　水波渺渺的盡頭
上方山的古塔聳立雲霄
臨湖的小茶館裡　來一杯今年的碧螺春
玻璃杯中舒展的新芽和這石湖之水一樣碧綠
行經百獅橋上東風仍有寒意
翠鳥從孔洞中來回穿梭
巡弋著自己的一片水域
繞了一圈　回到入口
才發現湖岸邊立了小小一塊舊碑「古吳越交界」
重新站在行春橋上　回首遠處煙靄茫茫
這一湖水啊！
依然隔著兩千多年的愛恨情仇

2022 於蘇州

寒山寺

如果不是隋煬帝挖了京杭大運河
如果不是安史之亂張繼落難蘇州
這寒山寺可能只是寒冷山中
一座寂寂無聞的寺院
秋的寒山寺　楓紅靜謐　落葉婆娑
在小店的樹下吃一碗素麵配一塊素餅
俯瞰閣樓前的細竹　蒼翠依然
這樣簡易的午餐令人心滿意足
午後天光把玉蘭枝葉的影子映在寺院的白牆
像一幅水墨隨風搖曳無聲
而青石板的苔蘚上松針散落一地
慢步前行只聞窸窸窣窣
入夜的楓橋依舊默默佇立河邊
彎拱的花崗岩是歲月風霜的脊梁
即便沒有舊時的漁火　這水岸微弱的燈光
泛著詩人銅雕黯然的臉龐
依然帶著千年惆悵
寺內隱約有人敲鐘
祈求消除人世一百零八種煩惱
站在橋頂望著運河上船隻熙攘南北
此刻　跌宕的人生旅途愁緒
隨著杳杳鐘聲
依然從盛唐不斷地撞入我的懷裡

2022 於蘇州

登相門懷子胥

伍子胥相土嘗水象天法地建造的闔閭大城
坐落姑蘇河畔已經超過二千五百年
坍塌的城牆　只剩部分遺跡依然躺在那兒
假若假日閒來沒事
繞護城河一圈
便是蘇州市民休閒的最佳去處
登相門可以一窺這座古城的整體風貌
干將和莫邪曾在此爲吳王鎔爐鑄劍
平江路是老城區的核心
而北寺塔是古城古老的地標
上城牆的閣樓來一壺碧螺春
臨風坐看護城河水波盈盈
夫差和伍子胥君臣之間的歷史恩怨
在這裡被茶餘飯後細細評說
斑駁堅固的水門閘口
訴說著曾經戰火硝煙的年代
忠言逆耳和奸伶誤國
演繹著歷史不變的輪迴
沿著城牆前行
伸手撫觸這黑沉沉的牆磚
每一塊都承載著厚重沉痛的故事
春末的南風在城門洞口刮過仍如一把利劍
歷史的利劍曾經斬敵無數卻也魂斷春秋
護城河這一方滔滔無盡的水流
伍子胥的魂魄在此繚繞不絕
彷彿一顆赤膽忠心永遠守護著
這座千年古城

2022 於蘇州

北寺塔

一座始建于三國東吳的九層寶塔
聳立在姑蘇古城區的北邊
這樣的地標在周遭的建築物中
顯得特別突出
盛夏的市區　太陽的光芒帶刺
路上行走一回便遭一頓鞭笞
彷彿在火燎房反覆受刑又被潑了一身水
於是遠遠望著高高鏤空的塔尖
便很想趕快躲到一處避難所
庇護我正受烈日拷打的身軀
這樣鬧中取靜的北寺塔
坐落在古木參天的懷抱裡　漫步寺內
鳥鳴深樹梢　桂影拂院牆
修竹搖曳青翠　玉蘭蔽天蒼蒼
涼風吹來　整個魂魄終於得到了拯救
到殿內合十而拜　感恩佛陀一日之緣
後院的假山疊石如鐵
小池的荷花結苞未開
坐在池邊蒼松之下點了一壺安溪鐵觀音
茶水清冽帶著蘭花香氣　引進喉嚨灌溉
卻把五臟六腑徹底洗滌了一遍
天地悠悠　蟬噪林靜
青空白雲移動緩慢宛如掛在樹梢
水裡游魚慵懶沉浮而枝影掩映變化
茶座下我是一位人間幸運的過客
歇腳在安安靜靜的北寺塔
手持一杯青茶
沉浸在此刻蒼生烈火荼荼的最後清涼地

2022 於蘇州

金陵懷古

一灣碧水蜿蜒而去
兩岸青柳搖曳迎來
悠悠的秦淮河緩緩地流經
巍巍峨峨的石頭城
吳越交戰的硝煙早息
三國爭霸的烽火已遠
佇立在赭紅一片的懸崖峭壁下
仰望城牆蒼松蔽天
我到金陵來尋故國的舊跡
和詩人遠古的留言
尋李白於白門酒肆的意氣風發
尋劉禹錫在石頭城的空幽寂寞
尋杜牧夜泊酒家的風情愁悵
以及
到玄武湖回憶韋莊的煙籠十里
在斜陽夕照的烏衣巷裡
王謝家族的輝煌已如過眼雲煙
而桃葉渡的愛情河水此刻依舊漫漫流淌
盛夏的午後　火爐一樣的市區
梧桐樹梢蟬鳴急噪　路上行人寂寂無語
到王昌齡宴飲的少伯茶苑
來一壺江南的碧螺春
可一解南京大排擋鹹水鴨的滋腴
行船到城南的長干里
希望在擺渡的渡口
遇著一位口音熟悉的同鄉
在燈火昏黃的秦淮河畔
把酒臨風喝上一壺
期盼能和崔顥互訴多年漂泊異鄉的離愁

2022 於蘇州

黃山

深藏徽州大地的一顆明珠啊！
傳說黃帝在此煉丹而仙人在此煉玉
假如不是徐霞客英雄慧眼
也許這巍峨崢嶸的群峰
只能一輩子埋沒荒野
夏日人們來尋妳
多半是逃避城市的喧囂與燥熱
而我來尋女媧補天遺落人間的五色石
來尋天塌地裂遠古洪荒的痕跡
山徑的蒼松是妳迎賓的姿客
一路上不停地搧著涼風去人暑意
懸崖的花草是妳閣樓綴飾的珠簾
白日照耀就光彩流溢　璀璨明滅
峭壁的翠柏是妳風衣圖案的刺繡
山風拂來便飛影搖移　天光掩映
晨披羽裘　流蘇飛揚
晚戴霞冠　錦袖翻動
這西山的雲海是妳梳妝幻化的身影
山嵐腳下湧動　蒼翠環抱四周
放眼天地蒼茫之間
左顧右盼　不敢高聲話語
回首不見來時之路
唯有薄霧罩著山花朦朧深處
妳在一方巨岩飄渺之上
乘著鳳凰輕舞
對我回眸一笑

2022 於蘇州

卷四 旅途記情

西園寺

獨愛西園寺的秋天
銀杏黃如金　香楓紅似火
園內小徑順著一片白牆
滿地落葉訴說著天地因果的循環
這裡夏日曾經鬱鬱蒼蒼
翠綠的枝條在風中搖蕩　颯颯作響
而今小園蕭索清寂　卻也是
四季腳步的輪迴
來這裡和你道別
是來了卻一段塵世的情緣
無論如何　昔日我們的歡樂與憂愁
就像這禪院昨夜的松針　落滿一地無聲
那些你欲了而未了的心事
也會隨著每天的鐘磬逐漸遠去
一杯青茶　兩袖清風
大雄寶殿前就此合十別過
沿著來時小徑回去
你腳下金紅相間的落葉
和披在身上的禪衣
翻動在碎石路面　出了寺門
走上山塘河高高的花岡岩拱橋
佇立橋心　我沒回頭
腳下仍是我們當年來訪金秋紅葉
一灣寂靜的水流

2022 於蘇州

留園軼事

假如你曾靜靜度過一座園林的四季
或許你才能明白
這一花一木
是如何看盡朝代更迭
這一草一石
又是如何歷經人事變遷
翠竹佇立粉牆　紫藤攀沿花柱
凌霄綻放屋脊　漏石伴守青松
而我最愛順著蓮池
沿一條上下起伏的小徑
和你漫步在菡萏錯落的時節
伴著松風坐在假山疊石涼亭裡
喝上一杯綠茶帶著茉莉花香
輕擺折扇如塘上荷葉翻來覆去
穿過桂樹蒼翠掩映的月洞
蝴蝶在砌著圖案的石階翩韆
白頭翁在老榆樹的枝頭跳躍
停倚石橋欄杆上　並立俯瞰
水中金魚在香樟的枝影間
悠游聚散
當時小園數不清的春花秋月
便是我們浩瀚無邊的宇宙
多年流離　故地重遊
青松不改　翠竹依舊
紫藤老了枝條　漏石深了窪洞
而我成了一名必須購票入門的訪客

2022 於蘇州

閱江樓

飛花灑落風亭
千帆行經夾岸垂柳
倚在小山閣樓的欄杆
春風吹著我的衣袂　飄飄落落
重簷下燈籠的紅纓　左右闌珊
鏤窗外修竹的翠影　遠近幽靜
來這兒等你
已是多年的往事了
奔流而去的江水從沒回頭
而楹聯上的刻文早已斑駁剝落

潮水拍打城牆
白雲飛過蒼松樹梢
倚在小山閣樓的欄杆
西風吹著我的步搖　搖搖蕩蕩
碧瓦上的瑞獸望著江邊　沉默不語
屋脊下的風鈴八面玲瓏　叮咚叮咚
來這兒等你
已是多年的往事了
悄然而逝的青春不再擁有
而石階前的桂子不知幾度開落

萬里江山如雲
百年煙塵似夢
倚在小山閣樓的欄杆
春水仍然　西風依舊
那些沿江東去的傾訴已然不堪回首
你若登上此樓
就到畫堂東邊尋覓一幅詩卷
那裡有我最後手書
你遺落前世的諾言

2022 於蘇州

閶門憶往

再回到閶門
我已歷盡風霜　兩袖清風
此地風流富貴一等　繁華鼎盛仍然
誦讀四書五經　習字繪畫寫詩
這裡有我太多年少的回憶
商賈官民雲集　販夫走卒流動
這人間天堂的姑蘇城
歷代騷人墨客莫不心神嚮往
十年寒窗苦讀
以應天府鄉試解元得榜
京師會試我是躊躇意滿　志在必得
無奈交友不慎　徐經舞弊我遭牽連入獄
科舉功名被除　淪為天下士子笑柄
我的世界頓時天旋地轉　日夜顛倒
只有醉生夢死才能暫時痲痹一顆崩潰的心
縱酒江湖　眠花宿柳　在流浪的路途上
我已忘了自己曾經詩畫俊逸　滿袖文采
再回到閶門
兩岸夾柳不改　小橋流水依舊
街坊鄰里疏離　親人朋友故去
在姑蘇繁華的流光歲月裡
感受人情冷暖似星移斗轉
看穿功名利祿如煙雲聚散
闢一處荒地　建一間草屋
桃花庵前種滿桃花換酒錢
寧願酒醉花眠不再醒
一夢玄霜化朝露

2022 於蘇州

註：閶門位於姑蘇（今蘇州）古城，是明代江南
才子唐伯虎的老家。

獅頭山中

「山不在高有仙則名」
千百年來
多少人路過此地尋覓不得
或許他們並不明白
真正的朝山者
探訪的不是山裡的神仙
而是聖人巍峨的言語

佛語被刻在崖頂巨石之上
上山的人都能看到
因為這是入寺必經之路
從這裡路經的人如過江之鯽
個個急著參拜在佛的跟前
而這句入門的法相
「即心是佛」
行人啊！
你卻匆匆錯過

把一間小室修在山壁陡峭的凹處
夏日涼爽而冬季屋簷掛著風霜
稀疏的木格窗可以透視對面的青山白雲
小鳥有時會來窗前打個招呼
在這裡禮佛　抄經　打坐　那是日常活動
遺忘山中歲月容易
「忘了我是誰」
才是我此生最大一門功課

2021 於新竹

| 卷四　旅途記情 |

太魯閣峽谷

峽谷萬丈　宛似刀削
溪水轟隆　猶如雷鳴
灰白色的立霧溪啊！
你是霹靂爆炸的宇宙洪荒
被壓在谷底的一條巨龍
櫻花鉤吻鮭在你的腹裡迴游
雲豹在你的脊梁上下跳躍
而燕子在你的頭頂築巢安居

懸崖逶迤　深不可測
峭壁嶙峋　高聳入雲
壯闊莽莽的太魯閣啊！
你是天崩地裂的古老紀元
被遺忘在太平洋之濱的遊子
山椒魚在你的手上兜圈玩耍
水鹿在你的身旁來回追逐
而白喉黑熊在你四周尋找蜂蜜

一絲蒼穹的瞬間裂縫
彷彿一夕之間
就已皺容滿面　白頭蒼蒼
一道大地永遠無法癒合的傷口
持續岩體風化　紋理銷蝕
聽著你低沉的嗚咽　日以繼夜
望著你蜿蜒的身軀　咫尺天涯
眼前
分隔在我們之間的不是一條峽谷
而是四百萬年的時光

2021 於新竹

立霧溪

隱藏在高山峽谷
被大地遺忘的流浪之子
一灣淙淙而逝的流水
夢裡的立霧溪啊！
總是日夜不停地嗚咽
不停地向我訴說
一場億萬年前的巨變
它是如何被迫和母親分離
天搖地動那一刻
山崩地裂湧出的岩漿
是一群貪婪吞噬的火蛇
不斷地扯斷它的筋骨
以及銷蝕它的身軀
多年之後
一條時光蜿蜒的流水
仍是日夜不停地翻滾
夢裡的立霧溪啊！
你若站在懸崖峭壁的涼亭上
聆聽從谷底轟鳴如雷的回音
當知那是它當年撕心裂肺
留下的吶喊

2022 於新竹

馬胎古道

馬胎是泰雅族音譯
多霧的部落
循著一條山徑迤邐前行
腳下油羅溪轟聲如雷
溪谷的亂石倒懸堆疊
只能是神仙搬運而來

喜歡坐在一顆巨岩之上
吹著山風
看溪水從山澗飛奔而下
蒼翠的林野倒映深潭
鯝魚在絲綢般的水面泛著銀光

喜歡捲起褲管
站在溪流的淺水裡
聽流水呢喃輕聲細語
岩下的水草默默招手
五色鳥在青楓樹梢昂首唱歌

一條起伏崎嶇的古道
是中年之後的忘年之交
這裡
我來來回回的走過
來尋找我年輕曾經遺忘的時光
來拼回我此生曾經失落的版塊

2022 於新竹

2015 同學會在台南

同學會三十六載在台南
遊赤崁　逛武廟
天后宮內拜媽祖
憶我多情年少
尋小吃　食刨冰
阿霞飯店美饌齊聚
話說南臺多少往事
初秋月　不眠夜
燒貨美食喝紅酒
乾一杯
遙想當年意氣風發
真友誼　不言中
搔頭白髮不勝簪
怎是一個情字道盡
星空稀　老狗善
嘆美好時光流逝
擁別五十人生
再回首　青春男女
但願歲月靜好
不負春花秋月

2015 於台南

註：2015 年同學會于台南
武宗燒貨小酒館舉行。

2016 秋末同學小聚上海

秋末上海陽光柔媚
耶里夏麗歌舞正酣
食羊腿　喝紅酒
天南地北閒聊
話說多少人生點滴
銀杏樹下咖啡啜飲
徐大學士舊事已遠
梧桐蔭　密遮天
過往如夢又重回
遊故居　憶民國
歷史塵煙消散
鬧街上　人如織
問兩岸分合未來
心中若有彷徨
怎奈猛然回首
地面落葉盡已隨風

2016 於上海

註：2016 年與同學錫川、阿蕭小聚上海。
耶里夏麗：位於上海徐匯區的新疆餐廳。
徐大學士：徐光啟，明代著名科學家，
官至文淵閣大學士，死後葬于上海，
在上海徐匯區建有徐光啟紀念園。
上海徐匯區新天地多民國時期名人故居。

2016 同學會在高雄

秋末返校尋舊跡
窗樓猶在貌已改
拜會師友話當年
忽覺少年已白頭
轉市區　乘輕軌
愛河堤上海風
港都夜雨細如絲
齊相聚　在品記
烤鴨魚蝦冬蔭功
紅酒有限情無盡
杯觥交錯裡　時光流轉
最憶是同窗
進啤酒　配花生
醉意或有　閒愁湧上
到底世間情緣何繫
對與錯　是和非
恩怨不必　榮辱何須
嘆最難一身紅塵修行
子夜無星　杯盤狼藉
酒已盡而意未了
試問人生得失幾許
但求只留心中美好
陰晴圓缺　聚散有時
盼來年　都安康
年年有酒敬歡顏
再重頭　似今夜

2016 於高雄

註：品記：素梅同學高雄品記烤鴨店。

2019 同學會在埔里

金魚戲池邊
落羽松漸黃
青空薄雲多
好友相逢少
華蔓山莊聚同窗
櫻花樹旁青石座
閒聊天南又地北
峰迴路轉走一回
夜飲宴　酒最多
啤酒　高梁　威士忌
慶安康　載歌載舞
街頭藝人薩克斯風
響徹埔里整個山谷和星空
不喝酒　沒精神
歌一曲　天地寬
若問相逢意何在
及時行樂君須記
醉死天明還復來
鯉魚潭　秋光美
湖岸小徑迤邐前行
兩側花開奼紫嫣紅
斑蝶臨風飛舞
眞是好山又好水
樟樹頭　有神蹟
百香果園食冰棍
卻讓躁動年歲涼一回

王同學　鬼門關前被召回
再聚首　慶重生　甚安慰
嘆人生無常而相逢有數
秋高氣爽　金風和暢　應無憾
只嘆相見時難別亦難
盼再會　春去秋來　皆無恙
卻把離愁寄語青松與明月

2019 於埔里

註：王清霖同學於同學會時剛大病重
生，宛如鬼門關前走一回。

望山亭

在望山亭等你
朝霧在林梢慢慢湧現
在望山亭等你
晨光在山巒輕輕撫過
在望山亭等你
鼠尾草在路口默默花開
在望山亭等你
流雲在眼前疾疾飛逝
在望山亭等你
小鳥曾經過來問候
蜜蜂蝴蝶曾經流連徘徊
一條山中我們穿梭的小徑
白丁香的氣息隱約離迷
在望山亭等你
縱然你是屬於夢與遠方
每年的四季
仍是我對你不變的言語
在望山亭等你

2022 於蘇州

卷五　醉飲江湖

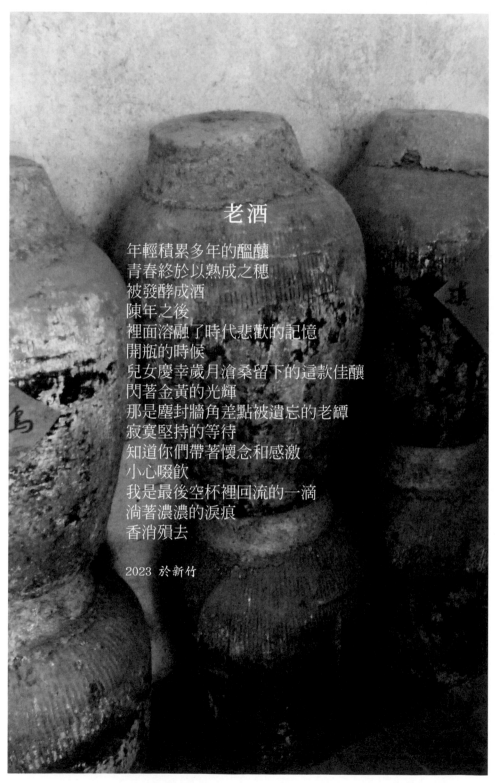

老酒

年輕積累多年的醞釀
青春終於以熟成之穗
被發酵成酒
陳年之後
裡面溶融了時代悲歡的記憶
開瓶的時候
兒女慶幸歲月滄桑留下的這款佳釀
閃著金黃的光輝
那是塵封牆角差點被遺忘的老罈
寂寞堅持的等待
知道你們帶著懷念和感激
小心啜飲
我是最後空杯裡回流的一滴
淌著濃濃的淚痕
香消殞去

2023 於新竹

酒窖

緊緊挨著
落塵下來我們可以均分
釀我的人早已作古
奈何　我還在此地不停發酵
出了名的　都已有去無回
我的脊梁貼著地面不曾翻身

這幽暗的地牢
蜘蛛披在我身上的網衣盡已褪色
若有光線一絲從門縫斜射進來
長著霉斑的眼表　便有些刺痛
冬夜濕寒　不可能會有炭火
所幸從上偶然抖落的塵埃
覆蓋我冰冷的身軀

被囚于歷史已然遺忘的角落
卑微而形穢
我是前朝堅持不肯變節的
老酒一瓶

2013 於上海

如果明天酒從世界消失

如果明天
酒從世界消失
乏味　不安　失眠　絕望　自殺　暴動
和所有的可能
這將是人類末日的開始

少了米酒的活力
薑母鴨和燒酒雞兩道美食
馬上就從台灣消失
紅酒名莊的波爾多和勃根地
盛產的葡萄將是多餘
法國大革命　很快會從巴黎重新來過
缺乏伏特加的加持
西伯利亞的冬天　冷酷將占領一切
除了白雪茫茫　春天已經沒有盼頭
而英國經濟大蕭條的夢魘
將會從蘇格蘭威士忌的失落開始
沒有白酒的中國　不用再去煩惱
請客應酬吃飯
到底要喝茅台還是五糧液
失去清酒的居酒屋
日本的上班族下班之後
也就不知何去何從
至於消失啤酒的德國
整個街頭火氣應該很大

此後世界領袖峰會
已經談不上有任何妥協的
把酒言歡　當下
再沒有什麼可以克制
核彈按鈕的啓動
或者恐怖分子的玉石俱焚

如果明天
酒從世界消失
男人除了女人
又失去一款親密愛人
女人除了男人
又撿回一地回魂的酒鬼
做爲詩人
因爲天上酒星黯淡　地上酒泉乾涸
我失去了一個千年偶像李白
而自己只從長江邊上
掬回一些無聊破碎的
月光

2014　上海

躲在酒裡的開鎖匠

我知道　酒
除了酒精及香氣
還有很多我弄不清楚的成分
但我一直懷疑
那裡面好像躲著一個小小的
小到看不見的開鎖匠
一旦喝下
他就鑽進我的心房
有時打開
一扇真實但平時不敢示眾的門
有時打開
一扇偽裝而故意虛張聲勢的門
或者　同時開開關關
那些虛虛實實和真真假假
搖擺不定的門
一旦喝多　開鎖匠也累癱了
最後乾脆　砰然一聲
關上　一扇
謝絕訪客的門

2014　於上海

飲葡萄酒

玻璃杯中旋轉著星空的銀河
所有的歡樂與憂愁
在短暫的漩渦中
融爲一體
捲入靜默的深夜
夜的雲朵有些朦朧
風顯得特別疲憊
但聚散之間仍是隱約可見
繁星似乎入睡了
蒼穹的黑藍
和海面的紅紫逐漸消沉
在天色開始蒼白
在我特別想你的時候
手上一掬星空的銀河
卻一片透明
恍然如夢

2022 於蘇州

論酒

酒並非越陳越香
就像人貴在風華正茂
人有春花秋月　酒有高山流水
合適之人和當齡之酒即是飲中天地
千萬不要和不喝酒的人辯論喝酒的好處
就好像獅子不能和羚羊討論肉的滋味
也千萬不要質疑喝酒之人喝酒的理由
就好像質疑人爲何要吃飯喝水一樣
不管貧富貴賤所有人喝酒的理由都是一樣的

在我看來
世界只有兩種人
一種喝酒的　一種不喝酒的
不喝酒的我不知道會活到什麼時候？
喝酒的我知道會活到不能喝爲止
對不喝酒的人來說
酒的壞處或者罪名不勝枚舉
對喝酒的人來說
酒的好處只有一個
世間所有複雜的人事可以化繁爲簡
並且醉死之後可以重新再來

問醉爲何物？
人生如酒　往往五味雜陳
易醉之人心頭塊壘多
塊壘啊！生活遺留的糟粕所結的酵母
一截埋在沙裡不能發聲的響尾蛇尾巴
被酒精消融之後發酵更加厲害的心事
露出反噬自己或者別人的利牙
而醉啊！
是一座心頭冰山被酒溶解後蕩起的浪潮

酒的無辜在於男女衝突的替罪
因而獨飲之妙
在於和自己的內心對話
酒的偉大卻是不計毀譽地不改其性
作爲開疆闢土的征戰生死盟友
它總是在思想的空間舉著你的意志令旗
翻越溪谷溝壑　馳騁山林原野
在生命羈絆的敵軍包圍中殺出一條血路

酒的起源眾說紛紜
李白揭示了天上酒星和地上酒泉
而我相信酒水同源皆上蒼所賜
甚至相信它是血脈運行的驅動者
或者地球轉動的燃料
因此酒的消失就如同水的蒸發
哪一天久別重逢　你我對飲無酒
那將是人生歲月的徹底乾涸
一條河流蜿蜒億萬年的消亡
一場天地的毀滅　以及
宇宙的回歸

2022 於蘇州

夜飲淮海街

比鄰而立的店家招牌五花八門
入暮之後的街道霓虹閃爍
青年男女爭奇鬥豔
夜的淮海街　從高跟鞋的回音
叩噠　叩噠　開始
吃飯的人群在街上晃來晃去
好似夜行動物各自尋找自己的獵物
而喝酒的人
主要嗅聞合適的味道與氛圍
酒精的度數與服務的熱情
必須等同高度
碰杯的聲音此起彼落
話語的交錯天南地北
酒桌上每個人的快樂與痛苦表情不一
至於醉意的差別不大
只是時間早晚的問題
把人情的不堪自我調侃
對往事的滄桑互相擁抱
在這裡我們交換的是彼此不同的人生故事
當月色朦朧如水　星斗沉沉欲睡
夜歸的人在零星散亂的群眾中
說著拖泥帶水的醉語逶迤前行
其實每個人心裡都明白
走來和歸去
從來沒有一條筆直而平坦的道路

2022 於蘇州

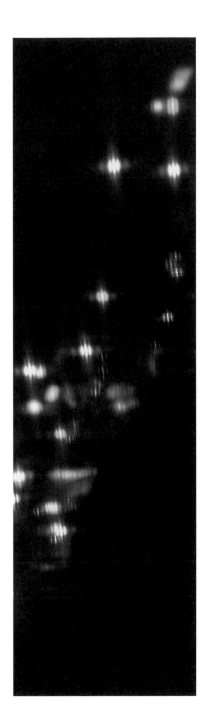

告別酒友

告別兩位酒友
在一個盛夏的時節
江南水鄉的市區
白天是火爐　晚上是蒸籠
入夜之後總想躲藏到一個無人的洞穴
最好像北極熊冬眠一樣的地方
這年頭　沒有利害關係　無關交際應酬
純粹吃飯喝酒的酒肉朋友日益凋零
純粹天南地北閒聊　貫通古今中外
沒有人情包袱　無關政治立場
只管酒精高度和酒體醇厚
儘管外面的世界仍是一片混亂
但我們眼前寸土方桌的小小天地
只吟哦每個人的風花雪月
以及調侃彼此暗藏多年的糗事
生活和職場有太多說不出的苦楚
激情的年代也含著幾許不為人知的無奈
儘管未來的道路仍是充滿未知
但我們一杯隨意旋轉的浩瀚宇宙
掌握在每個人的手中
當酒水打通一條隱隱迢迢的肝腸幽徑
酒氣迴盪在每個人的靈魂深處
此刻　窗外的夜空已沒人在意是雲是雨
留下的是星星還是月亮
一期一會　雪泥鴻爪
把相擁道別的話語藏入心底
而滿臉湧出的醉意已分不清
到底是汗還是淚

2022 於蘇州

關於喝酒這件事

關於喝酒這件事
我已經多次表明
這輩子已經無可救藥了
那些喝酒傷肝　或者
穿腸毒藥的理論
在我看來似乎接近陳腔濫調
而有損形象　或者
喝酒誤事這檔糗事
或許曾經有過
但要和此劃上等號
我是堅決不能接受的
蕩氣迴腸導致口吐眞言
可能有些太過直白
但是自古忠言就是逆耳啊！
從不借酒鬧事
若說對小孩造成錯誤示範
我覺得是一種莫須有的罪名
已經風化的陳年舊賬
卻老是趁著剛要舉杯
便被一一翻出
著實令人有些無可奈何
至於以酒裝癲
應該是在一大片烏雲罩頂之下
不得已而爲之　最後
如有酒醉伴睡
那絕對是河東獅吼
一場狂風暴雨來襲之前
不得已的保護措施

2022 於蘇州

ＳＹ牌威士忌

有一種暢銷的威士忌
因爲被ＳＹ掛上自己的名字
變成市面上找不到的品牌
晚上五點約喝酒實在太早
但這是蘇州時間
是ＳＹ的威士忌鐘點
不管你是否準時出現
反正他已一杯在手
像極地冰山爆裂轉個不停
晶瑩剔透般的黃金液體
本來要冰鎮一顆驛動的心
卻常常點燃
長年在外漂泊遊子的鄉愁
ＳＹ走了
一群酒友都把威士忌掛上他的牌子
想起他的名言　都是過客
因此我們建了李白的通關密語
「人生得意須盡歡　莫使金樽空對月」
爲喝不完的ＳＹ牌乾上一杯

2022 於蘇州

谷川夜飲

一條霓虹閃爍的淮海街
走到最盡頭　便是今夜停靠的驛站了
我總是在喝酒的路上單獨前行
店一開　就第一個踏門而入
即便像往常一樣短暫的歇腳
只要能讓人一醉方休
街尾的谷川
便是我在寂寞叢林如野獸一般趴伏的小小洞穴
通透的冰塊被金黃的酒液包圍慢慢融化
好像曾經的青春搖晃在歲月的波濤裡
這樣的威士忌喝入喉嚨卻慢慢銷蝕魂魄
道不盡的話語徘徊於南北征戰的古道
數不清的春花秋月在醉意的臉上沉浮
輝煌的觥籌交錯已是江湖滔滔流過的光影
有些快被遺忘的人事如今是斷線風箏
而我在燈火昏黃的角落　獨自端著一杯
茫茫天地猶如飛鳥暫棲滄海一木
多年不見　你若問我爲何頭禿面皺如荒山野嶺
只能說　作爲一位遊子漂泊天涯
臉龐刻畫的風霜和行囊塵封的往事
我都會像今夜這樽沉重的角瓶一樣
一杯一杯飲盡　並且
全部買單

2022 於蘇州

註：谷川：位於蘇州淮海街的一間洋式和食料裡。

佯裝酒鬼

為了推辭房屋銷售的電話騷擾
每當售房小姐打電話來時
我總是把自己佯裝成一個酒鬼
反正平時自己也喜歡喝酒
在售房小姐介紹一番房產之後
我只回了一句
你認為一個酒鬼有資格購房嗎？
什麼？售房小姐一下懵圈不知所以
然後我就很噁心地打了兩聲響嗝
問她要不要一起喝一杯
之後電話就被掛掉了

後來有個自稱房屋銷售經理的
打電話來
我又重施故技
她說她看了公司的銷售訪談記錄
知道我是一個酒鬼
她也很喜歡喝酒　算是同好
因此在她的權限之內
購房可以幫我打九五折
我說　妳是不是喝多了
她說　對
問我要不要出來一起再喝一杯
於是就這樣我又糊里糊塗地買了房
但是又買貴了

過沒多久又有售房小姐打電話來
我就正經八百地表示
可以打八五折嗎？
對方馬上明確地回應
先生　你喝多了吧！
酒鬼！
然後把電話掛掉

2022 於蘇州

街頭獨飲

繁華的街頭
時光的消磨帶著濃濃的酒氣
我總在喧囂的人群
搖搖晃晃
和喝醉的自己糾纏不清
手上的威士忌散發著泥煤的煙熏味
今夜在杯中碰撞消融的
不是鋒稜剔透的冰塊
而是一方年輕衝動易碎的感情

曖昧的街頭
時光的消磨帶著茫茫的醉意
我總在人稀的角落
吹著晚風
和靜默的自己乾上一杯
小河的流水在身後蕩漾著月色
今夜隨著星光旋轉的
不是飄忽離迷的眼神
而是一顆中年無處安放的心

寂寥的街頭
時光的消磨帶著歲月的疲憊
我總在無人的拂曉
踽踽前行
和低頭的流浪狗擦身而過
地面的晨曦在腳下泛著金光
今朝隨著清風吹散的
不是皺摺的青衫兩袖
而是一場遲暮尚未編成的夢

2022 於蘇州

孤城

獨自守著一座孤城
黑夜前來刺探我的是
昨日短暫交匯的眼神
即便是沙漠的白草
開放之前也是忐忑不安的
可誰啊？
是偷偷對我鎧甲動過手腳的叛徒
以至於標的擁抱著箭矢如此深入
身上結痂的疙瘩　來自
白日堅守領地
晚上去腐療傷
西風吹起　飛沙走石
常常辨認不出方向
多少次我想棄城逃逸
可誰啊！
又是用絲綢纏住我後腿的叛徒
曾經想放火燒掉僅存的糧草
遠走高飛
卻發現城外到處是流浪的駱駝
使人破防的
是我貪杯陌生人那壺不曾嘗過的燒酒
想想戍衛邊陲這麼多年
能慰藉風塵的
竟是與不速之客對酒當歌
我不禁懷疑自己身上出了
一個名叫愛情的叛徒

2023 於新竹

小酒館

我喜歡有一家小酒館
過三條街離家不遠的地方
帶著自己收藏的紅酒
人行道上紅磚地板熟悉我的重量
進店時有人親切地迎接
先請服務員拿來葡萄酒杯
動手打開一瓶波爾多風華正茂
每人倒上一杯　哥們可以邊喝邊吃前菜
店家贈送幾片麵包塗著松露
等待熟成肋眼牛排時
還有免費一盤花生
閒聊家國瑣事　社會亂象
我們知道壯語豪情不能改變這個世界
但是可以讓瓶中的酒壓慢慢降低
小妹過來詢問熟度五分是否剛好
酒精滌蕩血脈　臉頰感覺返老還童
店長詢問有沒有吃飽
此刻我已盡飲人間芳華
結帳時感謝大廚晚餐精彩
與朋友道別後　西風細細
唱起昨夜星辰　踏著月色而歸
走過幾個十字路口　燈火闌珊
人行道上紅磚地板依然熟悉我的重量
只是它不知道我多了幾分醉意
我喜歡有一家小酒館
過三條街離家不遠的地方

2023.10 於新竹

初見

喝過那麼多酒
妳一定不會特別記得
那些如春日流水一樣乾杯的過往
假如不是那天
一雙曇花一樣明亮的眼神
在夜空靜靜綻放
繚繞我們羈旅多年的倦意
早就回歸各自的塵土
打開窗扉緊掩的一角
像新風湧入荒漠的流動
鳴沙走石之間
紛亂敷衍的言語
當時　我說不出口
山間明暗的幻化
雖然只是流雲聚散
而電閃露消的剎那
也是天地觸動的宿緣
假如生活曾經怒懟我們
那必然是我們把自己陷入感情的漩渦
如今再敬妳一回
風平浪靜
沉浮大海星辰之間
多少踏著月色而歸的路上
妳一定會特別記得
那晚初見
我們碰杯對視蕩起的
心中漣漪

2023 於新竹

酒話

那些被注入血脈的酒精
是一條山谷鳴咽的激流
比肩而坐的左右朋友
就像兩岸峭壁一樣被不停切削
是誰高出一個人頭
咆哮著酒氣
怒懟別人手上一捧不停旋轉的星河
過往的磨難
如今是一枝色彩斑爛的羽箭
把幾杯金黃的酒液粉碎之後
幻化成平行世界墓地的祭品
啊！
曾經卑微的艱苦歲月
今晚是一隻荒原雄起的野獸
在利爪壓縮空氣的密度之前
每人都想漠然逃離
所有言不及義的宣言
來自深層地底幽暗的水源
那些枯竭見底的酒瓶
已經完成了一次完美的蛻變
一雙雙充滿血絲的眼睛
此時是一片氾濫過度的山洪
在黑沉沉的夜色中
有人狼蹌地奔跑吶喊
今宵魂歸何處？

2023 於蘇州

酒鬼

我總是和整個地球唱反調
就像我總喜歡逆著海風
看著血紅的太陽沉入黑暗的水平面
世人都說喝酒是一種慢性死亡　可沒喝酒
人不也是隨著歲月慢性死亡嗎？
朋友也說喝酒使人變蠢
可酒是無辜的　因為人本來就蠢
就好像我總是蠢得和這個世界爭辯不休
終於今夜我想明白了
太多清醒的工作耗掉人生精華
波濤的怒吼從沒止息
可大海的容量不曾增減
歷經塵世起伏跌宕
這一路迤邐而來
我的心胸又能承受多少酒精的滌蕩
多少次我總在一個無人的海岸吶喊之後
死而後生
疲憊的心跳隨著海潮逐漸隱沒
直到一隻看海的花貓
迎著破曉的曙光
重新叫醒我的醉夢
清晨的浪花在眼前似玉蘭綻放
呼吸的節奏一如大海的喘息
海鷗帶著嘲笑口吻從天空對我胡亂污穢
但我不打算再和這個世界爭辯
我並非生來就想成為一名酒鬼

2023 於蘇州

遠行

哦！親愛的
妳全身顫抖
翅膀拍打著地面
飛不起來
來一杯吧！
暫時不要再掙扎了
我看到妳羽翼鮮紅的裂痕
哦！親愛的
妳形體如此削瘦
應該遠渡重洋而來
再來一杯吧！
遠處的暴風雨已經散去
電閃雷鳴似乎停止
暫時不要再想過去的天空
我聽到了妳夢想破碎的聲音
哦！親愛的
妳的眼神如此迷茫
虛弱得不能言語
就滿滿一杯吧！
鷹啄破妳遠行的方向
散成一地絨毛
妳的靈魂需要停止流浪
哦！親愛的　現在外頭
天空晴朗　海水湛藍
蒲公英飛滿了整個山涯
這麼久了
妳怎麼還不醒來

2023 於新竹

風塵

怎麼喝這一杯離別酒呢？
像明亮的姬百合褪去花開的顏色
像黃燦燦的金絲桃掩入泥土的餘光
小園的蒼翠曾經蜂蝶簇擁
石徑的蝸牛頂著晨光緩緩前行
白頭翁在垂絲海棠四月的枝椏跳躍
闊談著去年秋天的瑣事
黏噠噠的小蛞蝓
竟然爬上藍雪花最頂的葉梢
雖說多年來江湖闖蕩的軼事
鏽蝕如劍鞘斑駁的封口
曾經刻畫在我們臉上的風霜
逐漸淡去　但是午夜夢迴
偶爾也會吶喊著遊子歸鄉的渴望
在世界窗口那條窄縫閉合的一瞬
彼此沉默在歲月崩塌的煙銷裡
老實說
烏雲籠罩的天牢被撕開的一口
秋晨的朝露
滾動在彼此泛著天光的臉龐
我們慶幸平凡的重生
應當盡飲人間芳華
可生活裡總有荒謬愚蠢的魔咒
躲在看不到的角落
操弄我們像被細繩綑綁的木偶
怎麼喝這一杯離別酒呢？
其實再怎麼糾結
想想　當年天涯路上
你我不也是獨自飲馬於風塵

2023 於新竹

人到六十

盲目闖蕩的江湖
已經看不到路了
隨身攜帶的乾糧
需要小心打包
以便應對未來的風雨

那些風花雪月　酒與女人
以及狂放不羈的昨日
只能躲在幽暗的被窩裡
掩嘴竊笑
而年輕留下的傷口
在蒼老的樹頭
是一隻被琥珀光滑包裹的
透明小蟲

終於可以把馬繫在原野的
一棵白樺樹下
低頭吃草
有些城裡的無聊話題
像日落月升一樣
輪番更迭
而我所關注的世界
只是花崗岩上面攀爬的螞蟻
以及大麥草上滾動的露珠

處在天涯一隅
很久看不到海
晚上八點的電視裡
龍王殿內深邃無垠
而水晶宮裡的政客和名嘴
人到六十
興風作浪
才要開始

不過這無所謂
桌前的威士忌
我已準備好
先替全身消毒
再麻痺自己
然後一飲而盡
這冰火交融
劈里啪啦的
荒謬世界

夜闌人靜
空蕩蕩的酒瓶口
散發出石楠花香的催眠曲
而耳邊迴盪著
羅伯特·彭斯的名言
終於
我現在和自由是一夥的

2020 於新竹

註：羅伯特·彭斯為蘇格蘭民族
詩人，曾說過：自由與威士忌是
一夥的。

慾望

酒後
心底一塊幽微圈禁的領地
一旦越欄而入
便從小土堆不斷膨脹升高到一座大山
那兒可以睥睨林野　傲笑煙雲
等在旁邊的是一匹無疆野馬
雄健俊美　毛皮油亮閃著黑光
一旦跨騎而上　風馳電掣
沿著巔峰飛奔而去
再沒回頭

從此
我不知身處何處
對自己開始陌生起來
後來已經找不到路了
多年之後
我在一處谷地蔓草荒煙之中醒來
暮光照著我的雙眼
一片殘陽似血
風聲從耳邊輕謔而過
我趴在地上　無法言語
一隻螞蟻慢慢爬上鼻尖
映著彩霞　張牙舞爪
我忍痛大笑
狠狠地朝自己的鼻心
搗了上去　我真想一拳打死
那個狂妄自大的過往

2023 於蘇州

卷六　天地寄語

孤礁

四周暗流環繞
每天海潮洶湧
這日夜無盡的大海波濤一隅
晨曦曾經照耀　烈日經常烤曬
晚霞不時流連
而狂風暴雨肆虐已不知幾回
我是滄海被遺忘的一顆礁石
倦飛的海鳥偶然停靠的驛站
季節的洄魚在此年年來回
最終只是過客
白天俯瞰洋流　夜晚仰視星空
看過凡夫捕魚
看過隱者來釣
看過千帆遠航
看過風雲聚散
藤壺覆蓋我的容顏
海水浸蝕我的身體
多少年來我的心早已冰冷而堅硬
藍色海洋是此生不能跨越的藩籬
白色浪花在身邊也只如曇花一現
歲月茫茫　即便你我滄海相逢
永遠我是孤獨的汪洋一顆礁

2022 於蘇州

山和樹

山是愛樹的
樹是山的寵兒
你看
霧嵐喜歡在山腰的樹林逗留
野蕨喜歡在蒼勁的樹幹依偎
雲朵喜歡在嶺上的樹梢徘徊
而藍天喜歡從背後環抱它的青翠

山是愛樹的
樹是山的驕子
你聽
溪流喜歡在山谷的櫸樹腳下奔跑
夏蟬喜歡在崖頂的松樹耳鬢唱歌
梅花鹿喜歡在青楓胸前的苔蘚上吸吮
而晨光喜歡從頭頂撫觸它的身軀

沒有樹的山
是中年禿頂一樣尷尬的體態
因而山特別寵愛樹
對自己的容顏特別呵護

我也是愛樹的
喜歡漫步山中一條小徑
歇腳的時候
斜靠在一棵高大的紅檜樹下
天光掩映　微風徐徐
看山靜靜拂著自己蒼蒼的長髮

2022 於蘇州

｜卷六　天地寄語｜

洞穴

不管白天如何呼風喚雨
不管人前如何談笑風生
夜來臨之前
我必須鑽入自己的洞穴
一個屬於原始蠻荒的世界

這裡
月光不能照耀
星星無法窺探
手機沒有信號　只有
一種完全靜寞的虛無
一個記憶時光的黑盒

每夜
我把記憶的黑盒
攤開在洞穴的石板上
用指尖輕輕撫觸每個畫面
上面的刻痕
記錄了所有時光的喜怒哀樂
裡面的片段和內容
不能抹去　不能改變　不能複製
不能前進和後退

哪一天
當時光的記憶消失了
洞穴的出口會自動封閉
一個屬於原始蠻荒的靜寞世界
月光輝皓
星星閃耀

2022 於蘇州

冰河

冰封在一個白色世界
空氣沒有流動
感覺不到呼吸
似乎整個宇宙的運行已經停止
光線凝固在霜雪的眉稍
我的瞳孔是冰晶的珠玉
躺臥在北國的地平線
我的心是窟窿起伏的荒原
夏季
這裡曾經水草飄搖
兩岸翠綠如茵
毛地黃搖著輕柔的鈴鐺
悠悠閃著金光
而此刻
我僵硬的身軀只能蒼白地等待
等待春神帶來一把利劍
在我心頭劃出一道缺口
讓雪原可以湧出流水
讓整個宇宙可以繼續運行
可當我吶喊春天
流淌的卻是去年冰冷的回憶
靜寞無語
沒有回頭

2022 於蘇州

| 卷六　天地寄語 |

湖泊

山巔的巨岩已經禿頂
蒼鷹在雲端巡視著領地
野兔的荊棘開始枯萎
茫茫的草原已經荒廢
曾經喧囂的小溪靜默不語
我的嘴唇是七月乾裂的地表

曾經趾高氣昂的身段
此刻
是一具狼狽痀僂的殘軀
倒在草原低窪的沼澤
吸納可憐罕至的雨水　以及
奄奄一息的溪流
如此才又想起
這裡曾經水草豐美
山花爛漫　蘆葦蕩漾
野鴨和大雁
浮游在映著藍天的水面

大地的隆起和荒蕪
其實是我一顆高傲的心啊！
想要成為山巔的巨岩
想要俯瞰整個草原的遼闊
卻忘了自己曾經只是一座
小小的湖泊

2022 於蘇州

瀑布

似乎水的性格
決定了它變成什麼
慵懶的是沼澤
平靜的是湖泊
急躁的是溪流
奔波的是江河
糾結的是漩渦
深諱的是淵潭
而我是天生直白而衝動的
一路高歌猛進
沒有回頭
變成了瀑布

2022 於蘇州

溪谷

因爲是大地天賦的裂痕
我從不掩飾自己的傷口
小雲雀跳躍山岩樹上
白晝有我歡快的哼唱
山椒魚躲藏石縫水下
黑夜有我悲傷的嗚咽
奔波在一條崎嶇的山谷
疲憊的心需要歸處
因而或許你們
喜歡淙淙逶迤的激流
而我特別珍惜
乾涸不再流浪的冬季

2022 於蘇州

漣漪

滄海相逢
於是我們咫尺之間的氣息
化成了交匯的漣漪
黑暗的夜空
僅有一點微光
寂涼的水面
需要彼此溫暖的言語
落差造就水流
徘徊形成漩渦
紛擾的世界
總有不可預測的風雲
總有漂蕩不止的波瀾
因此
朋友啊！
塵世游浮之間
星辰沉落之前
請珍惜你我的一面之緣

2022 於蘇州

山

山是沉默的
但溪流會為它奏樂
而小鳥會為它唱歌
山是樸素的
但清風會為它梳洗
而百花會為它裝扮
山是冷峻的
但紅葉會為它鋪床
而白雪會為它裹衣
山是固執的
雖然歷經
天搖地動　寒暑更摧
但它不會隨意搬家
唯恐流浪的雲朵
找不到路回家

2022 於蘇州

摩崖石刻

我把心中的話
刻在一個地方
那裡
清風可以拂拭
小鳥可以歇腳
落葉可以滑溜
霜雪可以依偎
而寂靜的夜空下
月光可以仔細地閱讀

我把心中的話
刻在一個地方
那裡
苔蘚碧綠　蘿蔓青翠
岩石錯落蜿蜒靜默無語
溪澗沿著山壁流淌微聲
我們沿著曲徑走過四季

我把心中的話
刻在一個地方
那裡
青山隱隱　峭壁蒼蒼
我曾經仰頭佇立
莞爾對妳說起
願來生化成一塊石頭
守在一株山杜鵑的花下

2022 於蘇州

塘蛙

曾經以為我叫醒了春天
因此徹夜不停歌唱
花兒聽了心花怒放
蜻蜓過來串門
蝴蝶過來聊天
晨光的荷塘
是一個沁涼幽靜的游泳池

曾經以為我叫醒了夏天
因此徹夜不停歌唱
清風聽了吹起口哨
星星過來招手
月亮過來問候
夜晚的荷塘
是一場熱鬧喧騰的音樂會

曾經以為我叫醒了西風
因此徹夜不敢歌唱
蓮蓬打包了行囊
綠蟬過來辭行
翠鳥過來告別
入秋的荷塘
是我寂寞的小小天地

2022 於蘇州

溪石

轟隆的溪水
日夜在我腳下奔流
已經不能細數多少寒暑了
想要掬一把冬天的白雪
裹在身上
卻發現春光像泡影一樣消失

青春的時光
悄悄從我身邊流逝
已經不能細數多少歲月了
想要擷一朵夜空的瓊花
抱在胸膛
卻發現月色像玉碎一樣散落

翻騰的盛年
波濤滌盪了內心
山風吹老了容顏
環顧四周暗流湍急
才猛然發覺
眼前星沫漫天紛飛
世界匆匆而過
從不為誰停留

2022 於蘇州

沉默的溪流

雖然囂鳴如雷
我的內心是沉默的
雖然翻騰如魚
我的內心是沉默的
雖然奔波不息
我的內心依然是沉默的

一路坎坷崎嶇
總是在夾縫中低頭匆匆而過
面對尖石和銳岩
總是在衝突之後
帶傷迅速逃離
冰冷的流水
是褪色的血液
白色的浪花
是失溫的眼淚
而一灣沉默的溪流
是我跌落山谷曲折難平的心

2022 於蘇州

竹

佇立在岩石縫上
小鳥在枝條跳躍
把我弄得暈頭轉向
南風匆匆而過講了笑話
又把我逗得前彎後仰
陽光喜歡把我的青翠
在粉牆上畫成水墨
雖然兩袖清風
但我心比天高
挺拔著腰桿
仰望穹蒼
想要攬一朵青空的白雲
給妳做冬天的衣裳

2022 於蘇州

落花

時間久了
很多東西也就釋然而去了
小園
白天有燦爛的陽光
小鳥輕快地歌唱
晚上有幽柔的月色
夜蟲熱鬧地聊天

只要花開
就有花落
季節的腳步　在此
來回行走
曾經枝繁葉茂
曾經花開爛漫
在紛亂的世界
我是一地幸運的落花
在寂靜的春光裡老去

2022　於蘇州

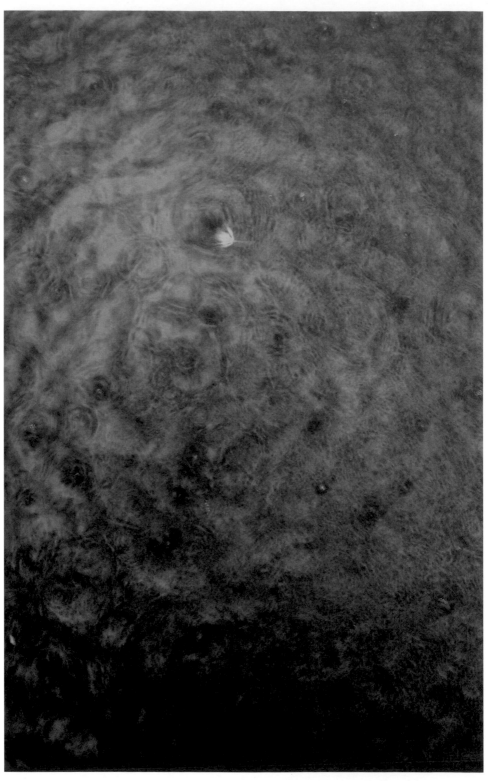

合歡

仲夏的狂風暴雨
是昨夜一場不堪回首的往事
離落的枝頭
曾經高聳雲霄
盛開的花朵
於太陽下閃著耀眼的光芒
小鳥對我高聲歡唱
星星對我招手微笑

翻騰的湘江流水
是今朝一條不知去向的道路
璀璨的容顏
曾經驚豔四方
如意的春風
環繞吹拂著青春的身影
蝴蝶對我翩韆起舞
蜜蜂對我徘徊流連

浩瀚的洞庭湖波
是故國一泓無法望遍的天地
漫漫的蒼梧之濱
是此生流不盡的眼淚
曾經我是舜帝的女英娥皇
兩朵跌落人間的合歡

2022 於蘇州

流泉

一襲白色水袖
是歲月寂寂的甩落
是你臨走的回眸一瞥
這裡曾經古松蒼蒼
挹翠涵雲
野蕨在岩石縫上
默默生長
夏季的星空
水聲迂迴
彷彿來自遙遠的銀河

一條溪壑的流聲
是人間跌落的嗟嘆
穿越花開滿園的繁茂
度過沁涼深夜的孤寂
春去秋來
蜂蝶遠去
而我更期待寒冬籠罩
流泉凍結
好讓時光停止移動
讓記憶留在
我們最初相識的地方

2022 於蘇州

漩渦

一座深潭的底部
遺漏了一塊岩石
匯入的流水在此宣泄湧動
形成一個漩渦

一個人的內心深處
缺少了一個愛
聚集的人事在此糾結打轉
也化成了一個漩渦

深潭的水面不起漣漪
但漩渦的底部
是看不見的黑洞
所有的人事同流水
一旦被捲入
都將有去無回
除非你能剛好把遺漏的岩塊填上去
除非你能剛好把缺失的愛給補回來

2022 於蘇州

冰點

風不動了
雲不動了
溪流不動了
整個海洋都不動了

嘴不動了
眼睛不動了
血液不動了
整個身體都不動了

太陽不動了
星星不動了
月亮不動了
整個宇宙都不動了

夢想不動了
恐懼不動了
所有的快樂與悲傷不動了
我的凡心
終於凍結

2022 於蘇州

貓

犯了天條　被貶人間之後
生長基因便被牢牢鎖住
行走在屋脊悄然無聲
這裡是我俯瞰世界的舞台
假若晚上星月無光
兩顆夜光的綠寶石
便懸在空中緩緩移動
背負九命之怪的聲名
竟然淪為與鼠輩為敵
溫柔之時毛順皮滑似無骨
生氣之際脊梁彎拱如山峰
至於賀爾蒙湧動的春天
入夜的話語便恢復與人同調
將我和寵物同養
實是人類最大的無知和錯誤
不搖尾逢迎　不看人臉色
我是世界的獨行俠
只是虎落平陽被犬欺
科學家啊！
誰能打開我億萬年前的原始基因
回復我高大的原形
我就伏伏貼貼當他一回寵物

2022 於蘇州

熊

荒原的白草在風中歌唱
大地的冬衣日夜鋪墊加厚
漫天飄落的雪花
是季節輪迴準時的訪客

洞穴的小小出口
只有一扇天光
枕在冰雪晶瑩的山坳
結凍的溪谷回想起春日輕盈的水聲
疏落的林野追憶著夏季的鬱鬱蒼蒼
而白茫茫的世界裡
每家各自編織著柴火闌珊的夢想

追逐過春天的蝴蝶
掏搗過岩壁的蜂巢
尋覓過落葉覆蓋的栗鼠
此刻哪裡都不想去了
即便挪身移動臥榻之地
那也是明年的事了

虛無的空白占領了一切
時光凝固在秋末飽餐過後的胃裡
眼皮偶爾無意識地打開
雪花從眉尖抖落下來
鷹隼巡邏的嘯音掠空而過
懶得搭理萬物的動靜
我的冬眠一旦鼾聲響起
這個世界開始與我無關

2022 於蘇州

天地一蒼鷹

山風吹過曠野
海天雲浪飄灑
眾鳥沿氣紛飛
群魚乘流串游
四十歲之年
我的眼睛依然炯炯有神
發現鼠兔仍在千米之外
但我的羽毛笨重　飛行緩慢
逐漸趕不上其他飛鳥
我的腳爪無力　捕抓的游魚往往得而復失
而老喙鈍裂　快要啄不開堅韌的毛皮
此時我只有兩個選擇
孤獨饑餓地死去　或者自我摧毀舊有的軀殼

於是找一個高高的山巔
架幾許枯枝築一個陋巢
把歲月磨難過的堅硬粗喙
一遍又一遍地撞擊岩體
曾經總是俯瞰的世界　此刻開始天旋地轉
整個腦殼欲裂而腦漿感覺快要爆炸
這多年的老喙像岩石風化一般在空中散碎
而我只能靜靜守著無人的晝夜
像等待上蒼賜下一件禮物到來
等待新喙重生

新喙的重生只是另一個自我毀滅的開始
我必須用它來拔掉龜裂不堪的斑駁指甲
這個人類曾經用來逼供的殘忍酷刑
竟然我一只一只地自己執行
仰天嘶鳴在心肺欲裂的痛楚裡
整個山林空谷都是我無盡的回音

不知度過多少無眠的月夜
新生的腳爪終於夠銳利了
銳利到可以扯下自己一根一根的羽毛
這歷經風雨摧打而破損的羽毛已經榮光不再
而我的利爪必須重建一個飛翔的未來
於是裸露著一具饑寒而猥瑣的形體
蜷縮在連月光都照不到的石洞中
開始編織一個三十年的新夢

山風吹過曠野
海天雲浪飄灑
眾鳥沿氣紛飛
群魚乘流串游
一百五十天的苟且偷生之後
我佇立崖頂重新俯視大地
雙爪有力扣著岩壁
張著新喙對空呼嘯
陽光照著似新漆塗刷過的羽翼閃閃發亮
我展翅重新巡行於天際
眼睛的聚焦猶在數千米之外
三百六十公里的俯衝時速
宛若夜空一束流星的墜落
在擎天一擊的征途上
除非荒野的毀滅和獵物的消亡
使人意志頹廢
永遠我是雲端翱翔的天地一蒼鷹

2022 於蘇州

註：本詩根據西方傳說有關鷹的重生故事而寫。

站在文明的風口浪尖

封建社會的狂風怒吼著
漢白玉橋下的金水河已經結凍
誰敢爬上廟堂的屋脊
舉起現代革命的大纛
前頭跌宕而逝的朝代
已經不勝細數
望柱上凌空蹲坐的獅犰
凝視著高大紅色的城門
默默等待君王的歸來

封建社會的狂風怒吼著
大殿階前並立的銅獅覆滿了冰雪
誰敢衝入金鑾殿上
宣示新時代已經到來
曾經的君臨天下不再回朝
呼風喚雨的皇權
已經跌落神壇
叱吒風雲的聖旨　此刻
是一張掩埋於廢墟的舊紙

戰亂的硝煙未息
滿目蒼夷的大地蒼生荼荼
剪掉辮子　揭掉裹腳布
身形枯槁　滿面風霜
我們站在新舊時代的交叉口
茫然不知何去何從

帝國勢力從西方壓來
資本主義在內部腐蝕
萬里江山烏雲密布
人民群眾的聲音怒吼著
舊時代的帷幕已經垮台
有誰敢站在文明的風口浪尖
和大廈傾倒掀起的狂濤搏鬥
先輩前仆後繼拋灑的熱血
染紅了一條坎坷的道路
我們尋著他們的足跡跋山涉水
仰望蒼穹　俯視地平線
終於胼手胝足爬上了山巔
站上了時代的新高地

2022 於蘇州

詩是一則療傷的私人處方籤

詩　若不是沉重而粗礪
就是精煉而鋒利
即便是幸福或美好
也是經過了一番捶碾和打磨

寫詩的筆是一隻廚師的刀
詩人身上總是帶傷的
下筆　不管擷取何種元素
我總是自以為是嘗試著　替
一個古人　一個農夫　一個工人
一對戀人　一個族群　一個國家
或是
整個地球　整個宇宙
止痛療傷

其實我得承認
面對天高地迥　浩瀚無邊
我只是一隻途中受傷的麻雀
隱蔽一撮枯草叢中
嘰嘰喳喳的時候甚至飛不上樹梢
寫詩　只是一個自我療傷的過程
治療每場思想反抗的創傷
而每首詩　其實是
自我療癒過程遺留的
一則私人處方籤

2014　於上海

雲

一顆嬗變的心
始於迷途的霧嵐
朝露是我的純淨
浪花是我的激情
流水是我的歡快
雨絲是我的憂愁
霜雪是我的冷漠
而浩瀚的天空裡
我日夜不停地遊走
一直在尋找
回家的方向

2022 於蘇州

詩人的旅途

熔鐵成鋼　打磨成劍
等在前面的是水深火熱　千錘百鍊
提筆寫字　行文成詩
等在前面的是生活折磨　受苦受難
似乎做為詩人不是正在遭受痛苦
便是在通往痛苦的路上
當成私人的生活筆記
我忠實地記錄一個人面對世界的
心路歷程
假如一棵會開花的樹　必須
經歷霜凍日曬的折騰
飽受風吹雨打的磨難
才能開花結果　那麼
我希望遇著一位詩人在坎坷的路上
可以與他同行聽他講述　翻越過的高山
跋涉過的溪流　披星戴月過的林野
以及餐風宿露過的荒原
在莽莽蒼蒼的山徑一路披荊斬棘
手腳磨破　面容乾裂
即便步伐踉蹌
仍意志堅定地前行　我希望
和他共同分享貧瘠大地凝結的果實
相互扶持譜唱著艱難歲月的歌謠
旅途中寫下自己的感言
看著他　獨自踏浪前來
又獨自乘風歸去

2022 於蘇州

歲月跫音中，人生的歡樂與憂愁其實就是一首詩。

──楊塵──

楊塵攝影集（1）

我的攝影之路：用光作畫

慢慢自己才發現，原來虛實交錯之間存在一種曼妙的美感……

楊塵攝影集（2）

歲月走過的痕跡

用快門紀錄歲月走過的痕跡，生命的記憶又重新倒帶。

楊塵攝影集（3）

印象江南

江南在文藝、手工、貿易、園林、建築、飲食文化和戲曲表演方面都有很高的成就。作者親臨古鎮探訪多年，用相機記錄一幕幕江南水鄉如詩如畫。

楊塵攝影集（4）

花影集：中國古典美學攝影

取材於山水人文，以中國水墨特寫為主體，融入西方印象派光影效果，呈現出當代畫意攝影美學。

楊塵攝影集（5）

花雅集：中國古典美學攝影

以中國水墨特寫為主體，並不斷追尋以西方印象派光影和光彩效果來呈現畫面的一種美學，從而表現中國寫意繪畫「虛實相生」的概念。

楊塵攝影文集（1）

石之語

有時我和那石頭一樣堅硬，但柔軟的內心裡，想要表達的皆已化成了石頭無盡的言語。

楊塵攝影文集（2）

**歷史的輝煌與滄桑：
北京帝都攝影文集**

歷史曾經在此走過它的
輝煌盛世和滄桑歲月，
而驀然回首已是千年。

楊塵攝影文集（3）

**歷史的凝視與回眸：
西安帝都攝影文集**

歷史曾經在此凝視它的
輝煌盛世，而回眸一瞥
已是千年。

楊塵攝影文集（4）

花之語

花不能語，她無言地訴
說心中的話語；人能言，
卻埋藏著許多花開花落
的心事。

楊塵攝影文集（5）

**天邊的雲彩：世界名
人經典語錄**

幻化無窮的雲彩攝影搭
配世界名人經典語錄，
人世的飄渺自此變得從
容。

楊塵攝影文集（6）

攝影旅途的奇妙際遇

攝影的旅途上，遇到很
多人生難得的際遇，那
些奇妙的際遇充滿各種
驚豔、快樂、感動和憂
傷。

楊塵攝影文集（7）

**中國文人盛事紀要
五千年**

在五千年歷史的長河
裡，中國文人盛事紀要
璀璨如天上繁星，作者
化繁為簡把其中最重要
和精彩的部分，以精煉
的文字配上如歷史一面
鏡子的窗攝影照片，交
織成一本以華夏文明經
典作品為主要目錄的簡
介，也是一本中國文學
導讀的入門書。

楊塵攝影文集（8）

江南詩選

以中國歷史上的廣義江南地區為編選範圍，挑選漢、晉、南北朝、唐、五代十國、宋、元、明、清、現代等各朝代有關江南人文逸事和風采的詩篇，透過註解、背景解析和譯文，呈現圖文並茂和詩情畫意，具有古典藝術氣息的一本詩選。

楊塵私人廚房（1）

我愛沙拉

熟男主廚的 147 道輕食料理，一起迎接健康、自然、美味的無負擔新生活。

楊塵私人廚房（2）

家庭早餐和下午茶

熟男私房料理 148 道西式輕食，歡聚、聯誼不可或缺的美食小點！

楊塵私人廚房（3）

家庭西餐

熟男主廚私房巨獻，經典與創意調和的 147 道西餐！

楊塵生活美學（1）

峰迴路轉

以文字和照片共譜的生命感言，告訴我們原來生活也可以這麼美！

楊塵生活美學（2）

我的香草花園和香草料理

好看、好吃、好栽培！輕鬆掌握「成功養好香草」、「完美搭配料理」的生活美學！

吃遍東西隨手拍（1）

吃貨的美食世界

一面玩，一面吃，一面拍，將美食幸福傳遞給生命中的每個人！

走遍南北隨手拍（1）

凡塵手記

歌詠風華必以璀璨的青春，一本用手機紀錄生活的攝影小品。

楊塵詩集（1）

紅塵如歌

詩歌源於生活，在工作與遊歷中寫詩和拍照，原本時空交錯而各不相干，後來卻驚覺元素一致或者意境重疊，發現人生的歡樂與憂愁其實就是一首詩。

楊塵詩集（2）

莽原烈火

詩就是心中言語，作者把在現代社會所歷經的現實和當下庶民生活工作的情景，以直白的詩語表達了心中熱烈的情感。

楊塵詩集（3）

歲月跫音

歌詠風華，吟唱歲月，人生的歡樂與憂愁本身就是一首詩。

以《詩經》樸實的語法，描述生活、工作、行旅中所經歷的人事地物和情感。

情意自然流露，語境卻令人吟哦再三，就像歲月走過留下的腳步回響。

作者簡介

　　楊塵（本名楊文智，英文名 Jack）台灣科技大學電子工程系畢業，曾從事於台灣的半導體和液晶顯示器科技產業，先後任職聯華電子、茂矽電子、聯友光電、友達光電和群創光電等科技公司。緣於青年時期對文學、歷史、藝術和攝影的熱情，離開科技職場之後曾自行創業，經營過月光流域葡萄酒坊和港式飲茶餐廳。現為自由作家，主要從事攝影、詩集、散文、歷史文學、旅遊札記、生活美學、創意料理和美食評論等專題創作。

國家圖書館出版品預行編目資料

歲月跫音/楊塵攝影.文. --初版.--新竹縣竹北市：
楊塵文創工作室，2024.7
　　面；　公分.──（楊塵詩集；3）
ISBN 978-626-98140-1-5（精裝）

863.51　　　　　　　　　113005648

楊塵詩集（03）

歲月跫音

作　　者　楊塵

攝　　影　楊塵

發 行 人　楊塵

出　　版　楊塵文創工作室

　　　　　302新竹縣竹北市成功七街170號10樓

　　　　　電話：（03）667-3477

　　　　　傳真：（03）667-3477

設計編印　白象文化事業有限公司

　　　　　專案主編：黃麗穎　經紀人：張輝潭

經銷代理　白象文化事業有限公司

　　　　　412台中市大里區科技路1號8樓之2（台中軟體園區）

　　　　　出版專線：（04）2496-5995　　傳真：（04）2496-9901

　　　　　401台中市東區和平街228巷44號（經銷部）

　　　　　購書專線：（04）2220-8589　　傳真：（04）2220-8505

印　　刷　基盛印刷工場

初版一刷　2024年7月

定　　價　400元

白象文化　印書小舖　出版 · 經銷 · 宣傳 · 設計
www.ElephantWhite.com.tw　f 自費出版的領導者　購書 白象文化生活館